i**H**uman

成
为
更
好
的
人

〔加〕张翎 著

廊桥夜话

GUANGXI NORMAL UNIVERSITY PRESS
广西师范大学出版社
· 桂林 ·

图书在版编目（CIP）数据

廊桥夜话 /（加）张翎著. —桂林：广西师范大学出版社，
2021.1
　ISBN 978-7-5598-3395-2

Ⅰ . ①廊… Ⅱ . ①张… Ⅲ . ①中篇小说－加拿大－现代
Ⅳ . ①I711.45

中国版本图书馆 CIP 数据核字（2020）第 227389 号

广西师范大学出版社出版发行

（广西桂林市五里店路 9 号　邮政编码：541004 ）
网址：http://www.bbtpress.com
出版人：黄轩庄
全国新华书店经销
北京盛通印刷股份有限公司印刷
（北京经济技术开发区经海三路 18 号　邮政编码：100176 ）
开本：787 mm × 1 092 mm　　1/32
印张：5.25　　　字数：88 千字
2021 年 1 月第 1 版　　　2021 年 1 月第 1 次印刷
定价：49.00 元

滞重的逃离（代序）

金凡平

　　到底是一次随意的聊天造就了这部小说，还是作者心中本有酝酿，一次闲聊带出了她的灵感，我不能确定。然而，有一点是确定的，她是个极爱听故事的人，当然也是个极会听故事和说故事的人。很多故事，于我，听过也就听过了，如风飘过；然而于她，却浑然不是如此，比如小说中阿贵妈的故事。在一次闲聊中，朋友说，他的家乡是个小山村，穷，没人愿意嫁过来，即使有被嫁了过来的，最后也都是千方百计地想要逃出去。

　　"我妈就是我爸骗过来的，"他说，笑嘻嘻地，"有了我和我姐以后，我妈还逃出去过两次。"

　　他说着弃家逃跑的妈，轻松得如一个玩笑，就像是说着别人的妈。

"为什么？"

"穷啊，"他说，当然她们最终总是逃不出这座山，这个村，日子还是依旧，没有人会计较和诧异，"这种事在村里本来就是很平常的啊！"

后来见到朋友的妈，很是惴惴地问："你当时是怎么想的，有没有想过你将留下的两个孩子？"

"苦得饭都吃不上，哪里还有想啊！"也是那种不带情感色彩的淡淡的语气。

或许是掩饰，或许根本就是潜意识里希望忘却。

"贫穷使人麻木。"这是张翎当时的轻叹。

没想到，不多久我却看到了张翎的《廊桥夜话》。

当然小说中的阿贵妈是经过虚构再创作的一个人物，她承载了更多作者所赋予的，并附着更为丰厚的生活蕴涵。结构的多元和张力，细节的灵感和流动，陌生化视角的呈现，以及戏剧化场景的描写，等等，作者以她特有的方式叙述着对于生活的谛听、审视和思索，而现实中的人物原型，不过是进入小说世界的一个起点。

山，水，廊桥，似乎千古以来便是如此，远远看过去静谧，安好。然而慢慢走近，那些晃动的人影，走进来的女人和走出去的女人，一代一代的，夹带着时间，犹犹疑疑地挪移。无尽的晨夕晦朔，是否这里的廊桥便是这般伫立，倾听：那时间的暗流，和命运忐忑的行走？

　　人物禀承着自己的命运和走向，纷纷在那条山与山之间逼仄的路上行走。阿贵妈，先是为那一点少女似是而非暧昧朦胧的青春爱情的念想，被阿贵爸带进了山村，随之进入想要挣脱却一直挣脱不了的困境——贫穷和难为，还有说不清楚的欲望和压抑，一点一点消耗着她。阿贵爸，从到山村外面寻婚，到把妻子"骗"回家，为人子为人夫为人父，一如这个小山村很多很多年来大多数男人们的俗成做法。他是非常能言善道的人，然而他又在很多时候似乎是游离的，甚至是缺席的，比如在母亲和妻子间的那个地带——对于母亲的挑剔、妻子的不安，他是沉默的，但沉默下是否还会有着些什么？这成了小说的灰色地带，可疑，晦涩，又是可令人深思的。婆婆，我们不知道她当媳妇的遭际，但是知道她的现在是扭曲了的，连她的歹毒也是扭曲了的，她把也许来自曾为人媳时候的憋屈如数甚或加倍转嫁到她的儿媳阿贵妈的身上，令儿媳进与退都悬在了边缘无从落地。阿珠，阿贵妈的儿媳，从遥远的他国越南步过廊桥来到这里，从此以后，家乡亲人是悬在她梦中遥远的思念，或者风清月明时的痴想，她是泫然而无从落下的一滴泪珠。阿意，读书走出去的女儿，带着逃离的心情一路狂奔，却总是甩不去那一路滴滴答答发了黄的这里的水渍，一回头总是心惊……

在这个不远但偏僻的小山村，他们纠合在了一起，使得那条逼仄的路越发地逼仄了。每个人都有属于自己的内在的底色，涂成这里抹不去的背景颜色和奇特的氛围，滞重，晦涩，正如你远远看到的这里的山峦，云遮雾迷。

这样的山村是贫穷的，贫穷得这里的男人只能去山外"骗亲"。"骗亲"在这里是天经地义的，这里的女人则耗其一生一次又一次地逃离，又一次又一次地被抓回。这几乎是陈年不变的婚娶游戏，夹杂着酸楚无力，却难为外人知。

张翎曾经轻叹，贫穷使人麻木。但是她不写贫穷，贫穷只是一块积久沉淀的幕布。她写贫穷流经的痕迹印记，和因此积淀的潜流。她写浸染于其中的人们，不自觉地被潜流消耗着，渐渐消磨而变形。她写生活中不知的荒腔走调，也许还透着一点荒谬。

远远看过去，这个犹如一潭静水的山村，未尝不是日出而作日入而息的生活常态。然而维系着常态的是某种克制的逼仄的情绪，或在夜间一丝丝发散、拖延着的滞重。因了长久的压抑，每个人每根弦都憋得紧紧的，有可能发作在任何一件事上，而最终，这种张力在盛宴狂欢之际达到了紧张和爆发。

作者聚焦在了阿意的"衣锦还乡"，这不仅是家里的也是整个村的大喜事上。

　　阿贵妈张罗着这一切，把所有对女儿的爱和骄傲（或有来自潜意识的自我补偿心理）倾注在这一刻，也许这就是她生命中最为辉煌的一刻，所以她用心，高调，要给她国外归来的女儿和外籍的女婿一个人生中最高规格的礼遇。一切都如火如荼地进行着，只等着女儿到来和盛宴的敞开。

　　但是，意外一个接着一个（生活中总是充满了意外），而阿贵妈对女儿衣锦还乡的骄傲心情和高涨的情绪，却在这些个意外和过程中渐渐地被剥离。

　　先是在女儿和女婿之间多出了个拖油瓶艾玛，女婿加斯顿前婚的女儿，对阿贵妈来说，是丢人——"好好的一块白布上有了个疵点，你非得缝在前襟上招摇过市吗？"

　　紧接着艾玛受到了鞭炮和杀鸡的双重刺激——加斯顿站在一旁看着，用胳膊肘撞了一下妻子："今晚你可以猜得到，艾玛会有什么样的噩梦。"

　　而红烧驴肉加黄粿，宴席里的头牌菜，却让加斯顿狂呕不止。

　　也许这场十九张桌子的盛宴在外人眼中注定要被长久地记住，成为长久的荣耀和精彩。但是盛宴过后的家人，却体会到了不一样的窘迫。阿意和阿贵长久克制的某种记忆和遗憾、不平或其他情绪偏偏也在这时候因触动而翻转：阿爸代为阿意准备红包（送给两个侄儿）的周全体贴反而触动了阿意一直抑制着的，内心那最为脆弱敏感的地带。

> 一股热气呼地一下冲上了阿意的面颊，她觉出了难堪。阿爸什么也没说，阿爸又什么都说了。阿爸一切都看在眼里。阿爸用他的周全，责备了她的欠缺。阿爸用他的体贴，叫她看见了自己的毛糙。
> 她知道阿爸没说出来的话是："你欠了你哥。"
> 可是，谁欠了我呢？阿意心想。

而阿贵因为阿意的一句责备"不是原先说好吃牛肉的吗"，他在桌面上硬生生忍下的话，最终借着酒疯说给了他的爹娘："总不能老为她杀牛吧？这酒席花了多少钱，她心里有数吗？"潜台词隐含着为了阿意的今天阿贵长期积压的复杂感受，他过去的牺牲和付出以及漫长的隐忍。要知道，曾经因为阿意上大学设宴杀牛，使阿贵的婚娶足足延误了十年。

> 阿贵妈期待了良久，原定是一个人生中最优美最华丽的姿势，却意外地动作落空。"没有一个知道好歹。"阿贵妈对自己说。

高潮和对高潮的消解，构成了小说的戏剧性和隐在冲突的显现。同时又因为作者把熟悉的场景引向陌生化的视角——阿意的丈夫加斯顿及其女儿艾玛——熟悉和陌生视域的交错叠现，产生了奇突而变异的狂欢场景，戏剧性下是多层解读的意蕴。

现实的时空流，潜藏着另一条暗流，曲折往回，而直指生存感受。

我们能感受到某种气息的游动，感受到人物的活动、关系的纠结、外在和内心的碰撞，更能感受到背景的沉重下那种无可奈何和不由自主的无力感。

每个人都有着小小的欲求，但是欲求总是难以达成。个人的欲求纠缠在各种关系连动中，到底谁是谁非？谁可胜出？纠缠在人与人之间的互相消耗中，如阿贵与阿意，到底谁是牺牲更大的人？阿贵妈和阿贵爸到底谁更憋屈？三个不同代的媳妇谁也做不了自己的主，然而谁又做得了谁的主，其中意义何在？

也许谁的心中都有原先自我设立的轨迹，走着走着就变了，或者远离了，或者忘了，或者再也走不到一个落实处。也许原本就是这样的荒腔走调，也许生活本然就是荒谬，谁知道呢？然而日子就是在这种无解中紧紧慢慢地过着。

阿贵妈抬头，就看见屋檐下歇着两只燕子，一只已经钻进了旧年的窝巢，只露出一个尖尖的小脑壳，另一只在梁上跳来跳去，警惕地巡视着周遭的环境。

"还知道回来。"阿贵妈擦着脸上的肥皂沫子，愤愤地说。

这是小说的结尾处。

外部世界附着了内心的感受，或无奈不满，或惆怅失意，诸种微妙复杂尽在言与不言中，然而总与隐约的期待纠结在一起，阿贵妈亦如是。

于是，无论生活如何变调，这样的结局也许就是一种意义？

廊桥夜话

一

"一个人哪能两次落到同一条河里呢？我偏偏就落了两次。"

阿贵妈对阿贵的老婆，也就是她自己的儿媳妇阿珠说。

这话她不是第一次说，也不会是最后一次。这话她还会絮絮叨叨地说很多次，不管阿珠听不听得懂。

这话最早她是从自己的女儿阿意，也就是阿贵的妹妹那里听来的。那是十五年前的事了，那时候阿意是村里唯一考上大学的人。阿意的脑子比一村人的脑子都摆在一起还要好使，阿意从书里看见的东西，比别人站在山巅上看见的还要多。

阿贵妈嫁过来的这个村子，据说在雍正和乾隆爷手里出过五个进士，所以得了个"五进士"的村名。"文革"的时候，改成了"胜利村"。那只是文件上的事，乡下人叫顺了口，依旧叫五进士。民不举，官不办，就一直叫了这么些年。清朝的事，年月太久，终是考证不得了。村里年寿最高的，就数九十二岁的杨太公，他倒是真真切切地知道，从他记事起，这里就没出过一个大学生。老人们聚在一处时，就免不得叹息，说一个破村子，原本就受不起那么大的福分，怕是先人把老天的气数都耗尽了，后世就没得大出息。直到后来阿意考上了大学，众人才终于松了一口气。

其实，阿贵妈最早从阿意那里听到的那句话，并不是这个版本。阿意的原话是："人不能两次踏进同一条河流。"这话也不是阿意的话，阿意说原话是一个叫赫拉克利特的古希腊人说的，意思是万事万物都无定性。一个人第二次踩进同一条河里的时候，其实已经不是先前的那个人了，而水，也不是先前的水了。

阿贵妈当时是听懂了的，她好歹在年轻的时候也是读过初中的。只是这话经过阿贵妈的耳朵，存到她心里，存得有些时日，就渐渐地变了味，不是起初的样子了。等阿贵妈再把这存了十几年的话翻出来，讲给儿媳妇阿珠听时，词虽然变得不多，意思却全拧了。阿意说的是世间万事万物时时刻刻都在变更，阿贵妈说的是日子怎么绕过去，就还会怎么绕回来，啥也不会变，因为人绕不过命。

阿意考上大学的消息，是云和的外公外婆先知道的。等阿意揣着录取通知书回到五进士村，已是两天后的事了。阿贵妈早让阿贵爸把家里的那头牛宰完了，全村每一户人家，都在仰头等着分到一碗肉。阿意还没走到村口，老远就闻见了香味。

牛是阿贵家村前村后地借了五千块钱买下的，已经在山上放养了大半年，原本想再等个一年半载，再养壮实些在集上卖了，好给阿贵说媳妇。那一阵子的市价，一头好牛能卖个一万多块钱。而阿贵二十六岁了，也算是老大不小的光棍了。可是阿贵娶亲是一家人的事，阿意上大学是一村人的事，一家人的事和一村人的事挂在秤上称一称重量，孰轻孰重，那是闭着眼都看得清楚的。

其实，村里人再起哄让宰牛请客，阿贵爸都没太放在心上。真正把阿贵爸说得动了心的，不是阿贵妈的催促，而是杨太公的一句话。杨太公说文曲星静了几十年了，这回总算动了驾，必得好好迎一迎的，省得将来又断了路。于是，阿贵的婚事就让路给了阿意的喜事。只是当时谁也没料到，这一让，竟让了这么些时辰，等阿贵最终娶上媳妇，已经是九年后的事了。那年，阿贵三十五岁。

阿意的高考成绩，是整个地区的前三，上北大清华都有可能，可是阿意却选择了金华的省师范大学，因为师范生有生活补贴。阿意的家境，让师范大学顺手捡了个便宜。阿贵妈是懂得女儿心里的憋屈的，可是懂也没用，阿贵妈没有懂的资本。

阿意走的那天，一村人都来送，乌泱泱的，在她身后聚成一大片云。到了廊桥，阿贵爸让女儿给众人鞠了一躬，硬是把送行的人拦下了。阿贵妈独自追上桥来，塞给阿意一个小手巾包。

"你拿着，到了县城去买件新衣裳，颜色鲜亮些的，省得让同学第一眼就把你瞧瘪了。"阿贵妈悄悄对女儿说。

阿意那天穿的，是一件海军蓝带两条白杠杠的运动衫，高一的时候买的，已经穿了三年，衣裳洗得稀薄了，袖口磨出了毛边，白不再是白，蓝倒还是蓝，只是不是海军蓝了。

阿意站在桥上，手里捏着那个带着潮气的手巾包，没有吭气。半天，阿贵妈才听见她抽了一下鼻子。

后来阿意在路上把那个手巾包打开了，里边是三百五十块钱，都是几元几角凑成的，却叠得平平整整，大面值的在下，小面值的在上。阿意知道那每一张，都是阿妈从家用里抠下来的体己。

从五进士到金华，都在同一个省，却因道路阻隔，要行千山万水的路程。阿意得步行一两个小时，搭上拖拉机到镇上，再从镇上坐汽车到县城，再从县城转火车到金华。走过廊桥，就是另一个地界，另一片天地了。阿意望着桥下的河水，突然拽住了母亲的手。

"妈，人不能两次踏进同一条河流。"阿意说。

母亲没听懂，阿意就解释了一遍那话里的意思。

"等我再回来时，我就不是现在的我了，河也不是现在的河了。"

阿意松了母亲的手，咚咚地朝桥的那头走去。阿意还没发育好，身板平平瘪瘪的，衣裳随着她的步子一颤一颤，像一块晾在晒衣杆上被风吹动的布。

那天天很好，太阳升得很高了，热是热的，但不咬人，已经带了些隐隐的秋意。阳光把山把树把田把路都照得白白亮亮的，河面上泛着薄薄一层银沫子。

阿贵妈很想拉住女儿，问一声："等你回来时，我还是现在的我吗？"可是她没来得及，阿意已经走远了。

二

五进士村位于浙南和闽北交界处，是浙江的嘴在福建的头顶上啃下来的一口肉。这地方海拔高，空气好，无论是雨是晴，一年四季的景致里都有一股外乡不曾有的清冽之气。进得村来,沿着一段还算平整的泥土路走到尽头,便是一条被雨水洗得泛白的长石阶,弯弯曲曲的一路通进山里。山也与别处的山不同,没有被采石人炸出斑斑驳驳的裸岩,倒是密密麻麻地长满了树木,从山脚的羊齿蕨竹林,到中间的苦槠香樟栾树梧桐,再到高处的杉树和松柏,层层叠叠的满眼都是绿,却又绿得各不相同。

走到山脚,朝左一拐,便是一条河。河没有名字,就叫河。河并无什么稀罕之处,就是乡野常见的那种小河,水高的时候,只看得见水,水低了,才看得见河滩上的石头。稀罕的是河上的那座廊桥,是道光年间建的,没用一根钉子,每一根椽子每一块木板都是用榫头自然连接的。桥壁中间有个神龛,早些年贴着毛主席像,现在供着观音菩萨。两边的字画就没有准数了,年节时是喜庆的春联年画,耕种时节就换了应时的农谚。遇到上面有任务交代下来,那字画的内容就跟着风潮走。

廊桥不算长,从这头走到那头,也就几十步路。桥走到尽头,就是几级石阶,顺着石阶走下去,落脚就到了福建地界。桥两头的人家,在同一座桥上走来走去,早就厮混熟了,叫得出名字,也知道家里有些什么人,只是一开口,就能听出口音的不同,便知道再熟的人也不是乡亲。

这样的河流,在五进士那一带随处可见,可是那水落差大，河面上大都行不得船。乡人守着一道又一道的水，一座又一座的廊桥，想要走到外边的世界，终归还要依靠自己的两只脚。

泥土路的两边，一路到山脚下，都是一排排错错落落的民屋。杨太公说自他记事起，就没见着五进士村里有谁盖过新房，至多只是找人修一修漏雨的瓦，补一补塌陷的墙，换一换被狗拱出窟窿的竹篱笆。所以，五进士村里的房屋，到今天都还是老瓦老墙老门窗老地板，风一过，满山满路都是声响，山上是树叶子的唰唰摩擦声，路上是板壁和门窗吱吱呀呀的呻吟。

这地方交通不便，即使在多年之后修了公路，从公路开车进村里，还得曲里拐弯地开上好一段路，所以村里很少有外人来。偶尔阴差阳错窜进来几个游客——大多是走错路的，总爱大惊小怪地夸几句民风啊传统啊原生态啊之类的话。那是城里人的话，五进士村的人不爱听。城里人用一大堆词语还解释不明白的事，五进士的人一个字就够用了，那个字就是"穷"。五进士的人不想守旧，也不要原生态，他们倒愿意跟上世间的潮流。他们真想拆掉那一片片漏雨漏风漏话的破房子，住一住贴着马赛克墙面的楼房，可是他们口袋里的那几个钱，却只够他们做个关于楼房的梦。

五进士地势高，天时冷，一年只能种一季庄稼，能收的瓜果种类也少。村里常年多雾，倒是个种茶的好地方，只是北边已经有了龙井，南边也有了乌龙大红袍铁观音，五进士的杂牌货，卖不得几个钱，只能采制了自己喝，或拿来送一送那些不讲究的客人。五进士又不靠海，非但不能以海产谋生，就是寻常日子里想吃一口海鲜，也是极不容易，得等着福建那边的小贩挑上来卖，那也只能是晒干了的咸鱼。

　　五进士村的人，是有一片好山水，可那一片山水既做不得吃，也做不得穿，只仅仅做了个摆设，这里的人过的是紧巴巴的苦日子。这样的日子，若在穷山恶水间，倒还容易挨过。苦日子放在这样钟灵毓秀的地方，就好比守着一个糖罐子吞黄连，过起来反而更是多了几分煎熬。这里的男人都得打上几年光棍，才娶得起一门亲。娶了亲，住的依旧是爹娘结婚时住的那间屋，睡的还是爹娘成亲时睡过的那张床，从漏风的窗口望出去，还是爹娘年轻时见过的那片天，世世代代，祖祖辈辈。

　　阿贵妈事先不知道这些。等阿贵妈明白真相时，她已经从李月娇变成了阿贵妈。

三

阿贵妈在还是李月娇的时候，家住在云和县城。云和和五进士村相隔三百来公里，原本八竿子也打不着，偏偏老天爷好事，小指头轻轻一弹，就把五进士拨入了云和眼中。

那时李月娇十九岁，初中毕业好几年了，找不到工作，就在家里闲待着，有一搭没一搭地帮着母亲做点针线活赚点零花钱。她父亲在县城的供销社工作，工资不高，却因手头总有各样紧俏货物经过，家里的日子就过得比别人鲜活。李家没人真指望月娇出去挣钱，爹娘的心愿无非是找个稳妥的人家把她嫁了，就算了却一桩心事。

那年八月，月娇的爸弄到了几方木材，想给家里打个五斗橱和桌子，剩下的，就做几样原木家具，预备着给月娇当嫁妆。有一大，他往家里领进了一个陌生人，说是熟人介绍来的木匠。

月娇正坐在屋里织毛衣，房门开着，她就看见那人面皮白白净净，眼睛大大亮亮的，头发剪得很短，鬓角是修过的。身上穿了一件洗得认不出颜色了的衬衫，旧是旧了，却还干净平整，口袋里插着一杆自来水笔。到现在回想起来，她也说不清楚那天到底是什么东西让她心里突然咯噔了一下。也许就是那杆自来水笔——她从小就喜欢那些看起来有见识的人。

就在她打量那个男人的时候，男人也在打量她。她只有一双眼睛，而男人的眼睛很多，身前身后都有。男人和阿爸说着话，眉毛下的那双眼睛规规矩矩地看着阿爸，额头上的那双眼睛却在直愣愣地看着她。男人一眼就看见了她腮帮子上那一对大酒窝，那玩意儿像两口被风吹过的小河塘，衬得她的脸顿时鲜活起来，眉眼里往外汩汩地淌着笑意。男人心想要是把这个女人领回家来，撂倒在床上，怕是被子都要笑出声响来。

后来男人才明白女人的笑颜不是老天给的，而是好日子喂养出来的。好日子没了，酒窝就成了两个干涸的坑，他就再也没看她这样笑过。

月娇在屋里织着毛衣，眼睛耳朵和手脱了钩，各自干着各自的事，就老是错针，织了拆，拆了织。她听见男人用有点拗口的普通话，和阿爸说着话。他说他叫杨广全，是庆元边上的人，今年二十三岁，家里有父母和两个兄弟。他从小就跟着一个族叔学了木匠手艺，家里干农活的壮劳力够了，一年的口粮不成问题，他就偷偷跑出来揽点木工的活儿，挣点外快。

男人那天说的话，除了名字和木匠手艺之外，没有一句是真的。

其实男人进她家院门的时候，也没想说假话，撒谎是在见到月娇之后才临时生出来的心思。男人自己也暗地里吃惊，他竟然能把假话说得如此熟门熟路，仿佛他已经练了一辈子的嘴皮功夫。

男人在月娇家里住了半个月，眼里到处是活儿。除了做木工，歇息的时候，他帮月娇妈挑水捏煤饼修晒衣服的竹架，甚至杀鸡，杀完了就把拔下的鸡毛给月娇的妹妹做毽子。他很快和月娇一家厮混熟了，连那只守门的恶狗，见了他也低了声气，露出一脸贱相。饭桌上，他给他们讲一路揽活儿遇见的新鲜事，有的是他亲眼所见，有的是他道听途说。是不是他的，他都拿来当自己的事说，听得一桌子的人大呼小叫，啧啧惊叹。只有月娇不怎么和他搭话，吃饭时两人眼睛若是撞上了，她总是立刻就躲了。这一躲，他的心就踏实了。

快要完工的时候，他找了个媒人，来李家提亲。爸妈问月娇的意思，月娇不吱声，脸儿却红了，一路红到了颈子。月娇妈把月娇爸拽到灶房，低声说怕是太远了。月娇爸说嫁到哪里都是别人家的人，人好手艺活泛，这才是紧要的。

月娇爸出来，只问了他一个问题，就是文化水平。杨广全要了一张纸一杆笔，趴在那张他刚打好的木桌上，写了两行字："四海翻腾云水怒，五洲震荡风雷激。"他没念过中学，但在公社的民兵训练营里受过几个月的培训，那也是好几年前的事了，从那以后他既没再捏过笔也没再拿过枪。可那天那几个字却写得方方正正，挺有那么几分架势，连他自己看了都吃惊。他觉得那天的字根本就不是他的字，分明是老天爷在扳弄使唤他的手指。一个人运气来的时候，那是连山也抵挡不住的。

月娇爸看了他的字，不语。过了一会儿，才说："总得有样彩礼吧？我们这样的人家，不缺东西，只为给阿娇留一样念想儿。"

这会儿，轮到杨广全不吭声了。过了会儿，他才说："一个月，给我一个月。中秋的时候，我再来，带只手表过来，给她。"

事情就这样定了。

临行的前一天，趁着家里没人，就在月娇的床上，杨广全做了该做的事，把生米煮成了熟饭。米虽然是生的，那天的饭却煮得不软不硬，恰到好处。月娇是第一次，广全却不是。这几年走街串巷揽活儿，他混过几个相好的，都是寡妇，或是活寡妇。他有过经验，自然知道轻重缓急。

从那天之后，月娇就天天盼着他的归期。

中秋节到了，杨广全没来。

十一月到了，又过了，杨广全还是没来。

月娇开始心慌了，她这才想起，她竟然没有问他讨过邮政地址。她纵想给他写封信，写了也没处可寄。

等杨广全终于敲响她家大门的时候，已经是十二月底了。他说是家里老人突然病了，脱不开身。月娇没想到，他其实是为了凑足两个人的来回路费和给月娇妈的那个红封，才耽搁了这么多天。

杨广全晚是晚了，却没有失信，他给月娇带来了一只上海牌手表。表是男式的，玻璃面上有几道浅浅的刮痕。他说女表太紧俏，他没弄到计划票。他还说是他侄儿拿了表在灶房玩，把表掉在地上刮伤了表蒙。

月娇没在意。试了试表，有点大，有点沉，但她还是欢喜得紧，戴上了就再也没舍得摘下。

两天后杨广全带着李月娇离开了云和，一路上转了三趟车，然后就下车步行。那路似乎是越走越远，怎么也走不到头。月娇的脚上磨起了血泡，杨广全总是说快了快了，再有一里地就到。

在无数个一里地之后，他们终于走到了家。杨广全跟月娇爸说的家住庆元边上的话，倒也不完全是假话，只是这一边上就边出了近百公里。

月娇跟着杨广全进了村，远远地就看见村口站着一个人，像是迎候了多时。杨广全见了那人，脸上红一阵白一阵，结结巴巴地问："能不能晚几日？"那人紧了脸，说："你走的时候说是一个星期，如今都快半个月了，我表哥急得要杀人，一天也不能再拖延了。"杨广全就撩起月娇的袖子，撸下那只手表，给了那人——这表原是那人跟他在镇上工作的亲戚借的。

那天李月娇还发现了许多别的事。发现的每一件事，都像是一场地震，把她十九年里搭起来的小世界，震成一堆碎片。杨广全有一个半身不遂的寡母，一个十六岁的弟弟，一个常年犯哮喘的哥哥，一个哑巴嫂子，还有两个七岁和九岁的侄女。杨家的壮劳力，其实只有杨广全一人。杨广全挣下的工分，到了年底一结算，还不够糊杨广全自己的一张嘴，所以杨广全就把工分扔了，偷偷跑到外头揽木工活儿。杨广全是村里第一个跑码头混饭吃的人，那时离五进士的年轻人把土地扔给爹妈自己进城打工的年代，早出了二十年。他算得上是一方的能人，可他再有能耐，一个人挣来的粮米遭这么多张嘴一分，谁也没能吃个全饱。他长了一副好皮囊，又有一门好手艺，赖女子他瞧不上眼，好女子又不肯嫁进他家，等到他把李月娇领进家门的时候，他已是二十八岁的老光棍。

李月娇看见了杨广全家的情景，就把自己关进杨家堆放柴火的那间小茅草屋里，不肯出来见人。那屋里摆放着她爸给她做陪嫁用的杨广全亲手打的马桶和洗衣盆。她怔怔地看着马桶发愣。她觉得日子就像是这个马桶，外表涂着清亮的桐油，盖子上雕着龙凤花纹，直到哪天突然掀开盖子，才发现里头是一摊飞着红头绿蝇的屎。她爹娘让她过了十九年捂着盖子的光鲜时光，仿佛就是为了预备着她后面要过的揭了盖子的烂糟日子。想到后面的日子还这样长，她忍不住打了个寒噤。

杨广全的妈让杨广全背着，过来推柴火屋的门。婆婆看了一眼月娇已经开始走形的腰身，口气不软不硬，目光却是凌厉。

"女人这事上没把守，怨不得男人。你还要他怎么样呢？给你妈的那个信封，张张是新票，数字都连着，是他托了人到县城换的。为那只手表，他给人磕过头。哪天我走了，都不知道他会不会给我磕头。"

李月娇觉得婆婆一下子扯去了她身上的裤头。杨广全精心设计的那些路数，原来在整个杨家都是公开的秘密。杨家所有的人都参与了这事，个个都在那个骗局里留下了指纹。现在他们聚在一起，可以把她当作笑话：一个云和来的、好人家的、读过中学的、脸上有两个酒窝的美人儿，原来是个只用几句好话、一只借来的手表、几张号码相连的新纸钞就能骗到手的蠢货。

不，这个蠢货远比这还蠢。在还没有见到那只借来的手表和号码相连的新纸钞时，她就已经把自己的最后一道门开给他了。这道门一开，她再也关不上了，从此她在这家人面前一览无余，永无抬头之日。

"出来吧，你不能在里头待一辈子，日子总要过的。"婆婆说。

那一刻，只要杨广全说句话，哪怕递给她一块擦眼泪的帕子，她兴许还不会生出走的念头。可是他没有。那条在云和时能把恶狗都说软了的舌头，在他的寡母面前，突然就失去了弹性。

第二天早上，天还没大亮，李月娇借着解手，偷偷溜出了杨家的门。她完全不熟五进士的路，但她顺着土路往前走了几步，就看见了廊桥和桥下的那条河。前一天她是从廊桥那头绕道福建地界进的村，她顺着原路从廊桥走回去，总归能找到路。她什么也没带，但兜里还揣着母亲临行前给她压路的四十块钱。有了这四十块钱，再加上一张敢开口问路的嘴，她就是走多少弯路，也还能走回云和。

直到这时，她才醒悟过来她其实是个有胆量的人。

她走过廊桥，走到了路上，把头巾扯得很低，遮住了大半张脸。她走一阵子，累了，就找户人家坐一下，歇一歇脚。后来才知道，就在她歇脚的工夫，她躲过了杨家寻找她的人。走到中午时分，她感觉身子越发寒冷起来——她知道那是饿了。她从路边买了两个番薯粉窝头和一碗热水，坐在一块石头上吃了起来。正喝着水，突然，肚子里有一样东西，狠狠地踢了她一下，她不防，身子抽了一抽。这一抽，就把她抽醒了。

她是有阿爸的。她的阿爸也有阿爸，那是她的爷爷。她的爷爷，也是有阿爸的，那是她的太爷，她很小的时候见过。

她肚子里的这团肉，不能成为没有爸的娃。

她站起来，又顺着原路往五进士村走。进屋的时候，天已经黑透了，屋里昏昏地点了一条竹篾。篾条在水里泡浸过多日，发过酵，泛着一股酸腐之气。饭桌上剩着半碗番薯丝，面上盖了薄薄一层糙米。她端起来，一口不剩地吃完了。

她知道屋里所有的角落都坐着人，所有的眼睛都在看她，可是谁也没问她去了哪儿。她放下碗，才听见有人叹了一口气。那是她婆婆。婆婆的床就铺在饭桌边上，图的是方便。

"阿全去公社给你爸打过电话，你爸说了，没嫁时说的是没嫁的话。嫁了，就是嫁了，这事没有回头的路。"婆婆说。

窗前的墙根处有一个红点子，一忽儿明，一忽儿暗，月娇知道那是杨广全蹲在地上抽烟。

她没吭声。他也没有。

他们吃定了她没有后路，所以他们并不慌张。

"人是逃不过命的。"婆婆窸窸窣窣地挪动着手臂，想翻身，可是腿没听手，也没听脑子，身下的床板嘎吱嘎吱地叫唤。

六个月后，她生下阿贵，跟村里其他有了娃的女人一样，被人叫作了阿贵妈。李月娇的名字，除了偶尔被邮递员叫过，已经渐渐被人淡忘。

四

"有谁会两次落到同一条河里去呢？除了我。命啊，那就是命。"

阿贵妈对儿媳阿珠说。

已经四月了，可今年的春天比往年都冷，天总是阴沉着脸，就连风，也比往年刁狠，吹过泥土路，带起一条灰里夹黄的飞尘，呜呜的，像狼嚎。难得今天云薄了，风也静了些，阿贵妈就把凳子搬到院子里择豆角。

阿珠坐在离阿贵妈几步远的地方，在奶她的老二小河。小河是个女娃，才六个月大，啧啧有声地咂着阿珠的奶头，眉心蹙成一个小肉球，仿佛在操心天下大事。

阿珠听着婆婆说话，嘴角往上挑了一挑，这一笑，就算是回应了。阿珠来五进士村已经五年了，阿贵妈到现在也不知道她到底听懂了多少当地话。其实，听没听懂都不打紧，阿贵妈只想有一个能对着说说话的人。阿珠嘴紧，就算是全听懂了，也不会把话传出这个院门。阿珠不像别家的小媳妇，有事没事爱东家进西家出地串门子。阿珠唯一往来的人，就是那个嫁到了邻村的表姐。表姐来家里看阿珠，两人就会关起门来，像老鼠商量嫁女似的，叽叽咕咕的，有说不完的话。

阿贵妈不怕阿珠守不住嘴上的门，倒是担心阿珠嘴上的锁太沉。自从阿珠嫁进门，阿贵妈就觉得阿珠话太少了，少得叫阿贵妈心里暗暗吊着一根绳，总觉得一个年纪轻轻的女子，嘴上挂了这么沉的一把锁，难免让人揣测里边锁的是什么，她害怕哪天阿珠会爆出一个石破天惊的秘密。

这个春天，离阿贵妈被杨广全领进五进士村的那个冬天，已经过去了差不多四十二年。四十二年里，杨家的这个破院落里添过人，也走过人，算起来，添的还是不抵走的人多。

婆婆是三丨四年前走的，那时她止怀着阿意。大伯子是婆婆走后的第五年走的，到底没挨过哮喘。大伯子走的时候，两个女儿都已经出嫁了，他的哑巴老婆不愿守在五进士，就回了娘家。小叔子很早就去了福建寿宁打工，混到四十岁，才娶上了一个拖着油瓶的寡妇，就把家落在了寿宁。阿意是最后一个离家的，她师范大学毕业后，考了研，又出国读了博士，现在在法国的一家生化实验室做研究员。阿贵这几年去了庆元县城，给一个运输队老板打工，半个月回一趟家。杨广全早就不出去揽活儿了，一朝有一朝的时髦，如今人人买集成家具，他的木匠手艺也就渐渐荒废了。现在村里有人在种蘑菇，他时不时去蘑菇棚搭把手。他不在的时候，家里就只剩下阿贵妈和阿珠婆媳俩，还有阿珠的两个娃。

阿珠的老大是个男娃，四岁零两个月，叫小树。小树这会儿正站在院子里的那棵桃树边上，拿了根小树棍捅一个树洞，脚尖踮得很高，鼻子贴在树干上，像在嗅树皮。

"你整天也没什么事，抽空带他去镇里的妇幼保健站查一查眼睛，别是近视。"阿贵妈扭过脸来，盯着阿珠嘱咐了一句。阿贵妈要从阿珠那里讨句回话的时候，就得追着她的眼神。

"嗯。"阿珠点头答应。

阿贵妈这句话表皮上的重点，是查眼睛，而表皮下还有个重点，却是"没什么事"，阿珠听得懂这个意思。阿珠刚嫁过来时，还干过农活儿，即使生了小树，也背着孩子下了地。那时阿贵已经去县城打工了，只能在农忙时请假回来救几天急。插秧，间苗，割稻子，脱粒，阿珠样样都干过。她在田里一站，阿贵妈一看就知道不是生手。阿珠说自己原先在工厂的流水线上做装配工，一个月挣相当于一千五百块人民币的工资，阿贵妈是不信的。一个月挣这个数的女人，怎么肯嫁到五进士村这样的地方？

自从生下老二小河，阿珠就再也不下地了，两个孩子成了她的地，三百六十五天每天二十四小时都有活儿。现在家里种地的主力，反而成了杨广全。实在忙不过来，最多请个临时帮工。杨广全年轻时走街串巷攒下了好身骨，到今天也还有积余。年近七十的他，驾辕犁田，也还不输给他四十一岁的儿子。

阿珠实在不算是个好看的女子，一眼就知道不是那一带的人，面皮黝黑，颧骨很高，眼窝很深，双颊上有一片日头咬出来的雀斑。可是阿珠的脸上有一种安静，不是悲苦的、逆来顺受的、让人见了禁不住生出负罪之心的安静，而是一种飞尘落地、细水静流的安宁。这安宁就把阿珠救了，叫她的丑变成了顺眼，愚钝变成了随和。

阿珠是越南人，娘家在永隆省龙湖县的一个村里。阿贵查过地图，永隆省是越南那条长蛇一样的版图里靠近尾巴梢上的一个小红点，而龙湖县却压根没有标注，阿贵拿放大镜查了几个版本的地图，都没找见。在结婚证明纸上，阿珠的越南名字很长，字母上趴着几个奇形怪状的小蝌蚪，阿贵怎么也猜不出发音。后来看了中文翻译，才知道是阮氏青明珠。这么长的名字，念起来中间几乎得换一口气，阿贵懒，就挑了一个字出来，叫她阿珠。奇怪的是，阿珠生了孩子之后，村里人还是叫她阿珠，而不是小树妈。这百年古风是什么时候变的，谁也说不上来。

有一次阿贵同阿珠去城里办签证延期，碰到一个精通越南文化的办事员，才第一次弄明白那五个字是怎么回事。那人告诉阿贵："阮"是姓，"氏"是垫名，和中文一样是表示性别和联宗续谱的意思，"青"是辈名，"明珠"才是阿珠真正的名字。办事员说阿珠的祖上大约是个讲究的人家，严格按照传统惯例把所有的垫名都用上了，若放在新潮懒散一点的人家，就会省去垫名，简化成为"阮明珠"。

阿贵听了一愣，感觉自己像个土老财，把个大户人家的小姐当作丫鬟随便收来做了小。回家的路上，他把这层意思讲给阿珠听了。意思复杂，他换了几种说法几个比方，阿珠只是笑，却不说话。跟阿珠聊天就有这层麻烦，你永远不知道她的点头里有多少含金量。她既不追问，也很少接茬儿，她的微笑里隐含着七七四十九种可能性。

那年阿意考上大学，杨家杀了牛请全村开宴。后来的两年里，全家一直在攒钱还买牛时的借款。终于还清了债，就接着攒钱给阿贵娶媳妇。钱倒是一年攒得比一年多，却总也赶不上彩礼的涨幅，一年又一年，几乎年年面对的都是同样大小的缺口。到了第九年，邻村有人过来到五进士看亲戚，说起他们村里的光棍到越南和柬埔寨讨了老婆，因为那边要的彩礼比这边少几万。阿贵听了就动了心思。

后来邻村的人又过来说，他们村的一个越南媳妇，有一个表妹也想嫁到中国来。阿贵让那个女子牵了线，和她的表妹通了一次视频，各自找了个翻译，半通不通地说了半个小时的话，就把这事给定了。阿贵绕过婚姻介绍所，省下了一笔中介费，自己去了一趟越南，办了结婚手续，就把女孩从她妈手里领回了家。

阿珠刚来那一阵，阿贵说什么她也听不懂。阿贵只能一边打手势，一边吼。两人靠着手势，实在不行了就在纸上画个图，慢慢地，就把话说通了。其实说通的，只是些日常的皮毛。还有一些事是一时半刻说不通的，那就只能在床上解决。两人一到床上，就什么都通了。

阿贵终于娶上了媳妇，阿贵妈松了一大口气，但脑子里也隐隐吊着一根绳——她总觉得这样娶过来的女人来路不明。有一回，阿珠忘了锁门，阿贵妈进那屋找东西，冷不丁撞见阿珠在换衣服。阿贵妈突然发觉阿珠的肚皮上有几道奇奇怪怪的纹路，出来就忍不住告诉了杨广全，说一个二十来岁的女娃，怎么会有这样的肚皮，谁知道先前都干过些什么。

　　杨广全听了，只是抽烟，烟都烧到了指头才惊醒过来，扔到地上，拿脚碾灭了，才说："这事别跟阿贵去胡说。"

　　小树掏腻了树洞，就丢了树棍，找了根晒衣服的竹竿，满院子乱舞，嘴里咻咻地喊着"大刀，杀，杀"，院里的鸡惊得四下飞跳，扬起一地鸡毛。

　　阿珠见了，忙进屋拿出一个苹果，用衣襟擦净，塞到小树嘴里，他才消停下来。

　　苹果存了有些时日了，果皮蔫蔫的，一嘴啃不透，两三嘴下去，才咬落了一口。小树不爱吃，扔回给阿珠。阿珠咬了几口，就放回到桌子上，剩下的果肉很快泛起了一层黄皮。

　　"天杀的。"阿贵妈心里骂道。

　　阿贵已经两个月没有回家了，说这阵子活儿紧，要加班。这苹果该是前次带回来的。阿贵买回来的，都是县城里最新鲜的水果，这样的货色，别说五进士，就是镇里也很难见着。阿贵买水果，不是一斤，也不是五斤十斤，一买就是二三十斤，用塑料编织袋扛回家。苹果雪梨荔枝枇杷水蜜桃菠萝，哪个时鲜买哪个。阿贵妈问他是个什么价，他也不说。后来阿贵妈问了别人才知道，心口就像杵进了一根棍子，再见着阿贵，就忍不住数落："你老娘我这把年纪了还做牛做马，也没见你给我买个橘子苹果。"

阿贵听出了这话里的怨气，就笑说："我只给她妈留了五千块钱，就把人领回来了，那省下的彩礼，能买多少斤水果？她们越南人，也就爱这一口，又不是什么鲍鱼人参。"

阿贵妈一下子给噎得死死的，竟找不到一句回话。她还没擦到儿媳妇的皮，就让儿子不软不硬地挡了回去。当年她婆婆拿着刀子要剜她的心，她的丈夫连口大气也不敢出。她想不明白，在老婆和妈中间，挑了站在妈一头的男人，到底是汉子，还是脓包？若是在当年，她情愿她的丈夫能像今天的儿子。可到了今天，她又宁愿她的儿子能像当年的丈夫。

阿贵妈择完豆角，摸摸索索地从兜里掏出手机，给阿贵打电话。这电话是阿贵淘汰下来的诺基亚，现在市面上根本找不见这一款了，字盘大，阿贵妈不用戴老花镜也能看得清数字。

那头没人，阿贵妈只好留了言。

"你咋总不接电话？再提醒你一遍，阿意周日回国，飞到上海住一夜，第二天到家。你这么久没回来，这次怎么也得请个假，最好周六就到家。杀牛的事你得帮着你爸。"

阿贵妈说着电话，就觉出了手背上的热，那是阿珠的眼神。阿珠原先也是有手机的，还是个新牌子，可是阿珠隔三岔五就往越南家里打电话，一打就是一两个小时。阿珠说什么，他们也听不懂，听上去口气平平的，不像在诉苦，倒像是无关紧要的家常琐碎。阿贵就跟他妈说这人平日连个屁都不放，怎么到了电话上就有这么多的话。阿贵妈说她这是把平日憋着的话都放到了电话里，说完了，大概就消停了。国际长途话费贵，阿贵往卡上充多少钱也经不得阿珠这么打，欠款没及时交，就上了电话公司的黑名单，害得阿贵自己要使电话，也只能用别人的名字来办理号码，后来阿贵只好把阿珠的手机没收了。

"周六，哦，还有那个，三天。"阿珠喃喃地说。阿珠的中国话里，带着浓重的越南口音，句子拆得很短，词序也常常有错。不过，杨家人都懂。

"你把那间屋子好好收拾收拾，床板整个擦一遍，用热水，阿意看不得这个脏。"阿贵妈说。

五

这些年里，杨家院子里住的人一个一个走了，阿贵妈先是把那些人的被褥衣物洗了，后来就把那些挡着道的床铺撤了。那些人走是走了，却把气味留下了。婆婆褥疮的腐烂味，大伯子腥甜的痰，小叔子结成痂的油垢……阿贵妈把他们的东西泡在皂角水里，洗了又洗，在太阳底下暴晒，可是没用。后来阿贵妈才明白，人有皮，屋子也有。人只要在屋子里住过了，气味就钻进了屋子的毛孔，长长久久地存着。

屋里还留着一样她无法准确形容的气味，有点像奶香，有点像月桂，也有点像太阳底下的河水。那是她的女儿阿意。阿意年轻，年轻人的气味淡，她找阿意，得先层层穿过所有其他的气味，像一条寻食的狗，拱开臭烘烘的垃圾，才能发现里头藏的那一小块肉骨头。

人一个一个地离开了，就有房间空出来了。蜘蛛是最先知道的，在每一个角落疯狂地结网，扫帚的速度远远赶不上。接着是老鼠、蚂蚁、蟑螂，它们在人腾出来的地盘上垒窝筑巢，繁衍子孙。阿贵妈只好拿把锁，把空房间锁了，眼不见为净。

后来随着时间一年年过去，所有的气味都变淡了，阿意的就变得更淡。有时阿贵妈躺在床上，捧着枕头，回想着阿意的脚搁在她枕头上的样子——阿意寒暑假回家，一直和她睡一张床，一个睡这头，一个睡那头。其实这枕头早就不是那枕头了，她还是忍不住嗅了又嗅。她甚至盼着那些烂糟糟的气味都能回来，为了闻见阿意，她宁愿再把鼻子糟践一遍。

她总觉得阿贵是替杨广全生的，而阿意才是她自己的。她传给儿子的是她的骨骼皮肉，而她自己的精神气血，却独独留给了女儿。阿意是她十九岁那年没做完的梦，只要阿意在，她就能找见并回到十九岁的那条路。阿意在，杨家的破院落就不再是个黑洞，阿意叫整个屋子有了光有了风。

她对阿意的偏心，连家里的锅勺都看得清楚。阿意在家的日子里，她舀给阿意的那碗粥，总比阿贵的稠。杨家所有的人，包括大伯子的两个女儿，都得下地干活，可是阿意连放农忙假回家的那几天里，也只用到田头送几次茶水饭食。

阿意不仅没下过地，也没采过茶、砍过柴、煮过猪食。阿意做过的家务活儿，不过就是背着篓子去河边洗几件衣裳，或是缝一缝家里磨破了后跟的袜子。为了阿意，阿贵妈和杨家所有的人都撕破过面皮，包括那个向来老实的哑巴妯娌。幸好杨广全的妈死在了阿意出世之前，否则她无法想象会是怎样一场恶战。护起阿意来，她就变了个人，像头得了失心疯的母狮子。可是五进士的人从来不吃嗓门，也不吃脾气，五进士的人只认本事。阿贵妈最终让人服了她，还是因为她一个人干了三个人的活儿。婆婆死后，她就成了杨家的当家人。当家人恶水缸，杨家的锅碗瓢盆油瓶抹布，见了她都烦。

那些年杨广全经常在外边揽活儿，分田到户之后，也是如此。木匠的活儿，总比田里的活儿挣得多。他赚的钱，并不全交给她，她遇上用场，就得一样一样地跟他讨。杨广全的钱包像是一只水压很低的龙头，拧到最大，出的水也只是滴滴答答。他不是有意苛待她，他只是觉得只有在她跟他讨钱的时候，他在她面前还有几分颜面。他是家里唯一能挣现钱的人，杨家的板凳见了他，都敬他三分，只有她不。

自从她进了他家的门，他就渐渐变了一个人，几乎木讷寡言。她觉得他一辈子的话，都在云和的那些日子和带她回家的路上说完了。那时的他，像鱼肚子里的那个鳔，大大的，饱饱的，闪着五颜六色的光。那鳔在他领她进村的那一刻就戳破了，瘪了下去，再也没能鼓回来。他大概真是欢喜她的，他把他一辈子的精气神，都攒在那一小段日子里，烟花一样地放给她看了。可是欢喜顶什么用呢？欢喜顶不过日子的软缠硬磨，磨破了，就再不能补。她不恨他，只是对他的心死了。

阿意没让她失望。阿意把干活儿省下来的时间和心思，都放在了读书上。阿意读了这么多年书，一路读到法兰西，没用过家里一分钱。阿意叫五进士所有的人家都明白了一个道理：养对了一个女儿，胜过养三个不争气的儿子。当年李月娇的爸在云和对杨广全的所有期许，到后来证明都是虚空，而杨广全唯一给过她的一样实实在在的好东西，却是她阿爸和杨广全都没有期许过的，那就是阿意。

六

人有三等六样，驴也是。有的驴看起来高大硕健，器宇轩昂，却空有一副好皮囊，实则气力虚弱；有的驴外表矮小瘦弱，其实内里坚实，走得了远路；有的驴看人行事，偷奸耍滑；也有的驴老老实实，忍辱负重。如此一一不等。

阿贵打工的那家运输公司，有好几队人马，大货车，小斗车，皮卡。阿贵不在任何一个车队做事，阿贵管的是毛驴。运建材上山，尤其是在没有现成的路的地方，毛驴是最省钱省事的交通工具。

而小青，则是整个驴队里最肯吃亏的那一头驴子。

小青看起来不起眼，哪儿都短小，腰身，鬃毛，蹄爪，尾巴。厮混熟了才知道，它的短小其实是精悍。小青身上唯一出奇的地方，是眼睛。小青的眼睛极大，外边围着一个京剧脸谱似的白圈，睫毛长而浓密，一张一合之间，便有各样神情流出。小青看人的时候，能把人看得打一激灵，叫人觉得它随时要开口说话。阿贵总觉得小青听得懂他的话，阿贵哼一声，它就知道他的意思，所以他很少对它动鞭子。

驴队有十三头驴，都有编号，从一到十三，而小青是唯一有名字的。名字是阿贵起的。阿贵上小学的时候，班里有个女同学，叫李青青。阿贵早想不起她具体的模样了，只依稀记得她长着两个大眼睛，所以他就给它起了个名字叫小青。

小青力气大，又安静老实，所以小青最吃亏。全队出动的时候，小青是走在最前边领路的。老板派活儿，需要的无论是十头八头还是五头三头，小青总是第一个被点上的，所以小青永远没有歇息的时候。

小青虽然听话，却不是滥听，小青也是挑人的。驴队四五个工人，小青只认阿贵一张脸，所以驴队行进的时候，阿贵总是贴着小青，走在最前面。

山上在兴建一个旅游中心和一条通往中心的路。前些日子运上去的是石板，后来是水泥，这几天是砖。一摞九块，一共五摞，用粗绳一边一份绑在鞍上——这是力气最好的驴子。力气差些的，最后一摞依次递减，从八块到五块各不相等。老板在这一行混久了，对每一头驴的状况都知根知底。阿贵觉得老板对驴子力气的估算，不是以公斤也不是以市斤为单位的，而是已经精准到了两。若多出一两，那就是驴背上的最后一根稻草；而若是少了一两，那就是让驴子偷去了懒。老板用使橡皮筋的法子精打细算地使着驴子，把它们的力气扯到极限，却又不能扯断。对老板来说，过重和过轻都是烧钱。

通往山顶的石头路只铺了一半，过了这一半，路就断了，进入一片乱石坡。乱石坡是人这么以为的，驴却不这样看。驴的眼睛是长在蹄子上的，蹄子走过一遍，就有了路，驴记得自己开的路。

可是小青今天却突然犯起了浑。小青在人开出的路尽头站住了，呼哧呼哧地喘着粗气，四下顾盼，似乎根本不记得它的蹄子已经走了无数次的那条驴路。无论阿贵怎么牵引呵斥，它只是再也不肯往前走了。小青一停，后边的驴子就慢了下来，节奏一乱，队伍就散了。

阿贵挥起鞭子，抽了小青一下。他没下狠手，只是想吓唬它一下。小青扫了扫尾巴，屙下了一串屎，那气味熏得阿贵几乎背过气去。驴粪向来味大，但从没像今天那样臭得邪乎。过了一会儿阿贵才想明白了，从前驴大多是边走边屙，气味被风消散了不少，今天小青是站着屙的，那是把所有的臭气都叠在一处，臭上加臭。

阿贵恼怒地扬起鞭子，又抽了小青一下。这一下大约真是狠了，小青跳了起来，后腿一软，却又挺住了。小青扭过头来，看了阿贵一眼，这回轮到阿贵哆嗦了一下。那眼光像冰锥子，戳得他骨头缝里都冷，是那种三个太阳也暖不过来的阴冷。

小青终于抬起蹄子，慢慢走上了乱石之间那条窄路。它走了几步，然后突然仰起头来，发出一声嘶吼。那声响不像是从它的口鼻里发出的，仿佛是从地底下生出来的，震得路边的树枝簌簌地颤动起来，阿贵的耳朵和头皮阵阵发麻。

得憋着怎样的一口气，才扯得出这样长这样刺耳的一声嘶吼呢？阿贵暗想。他只觉得今天的小青不像是小青了，回来的路上，他不知怎的，就有些心神不宁。

回到住地，卸下鞍子和套绳，阿贵才发现小青左侧后背上有一条伤口，是绑砖的麻绳勒的。伤口很长，像条壕沟，模糊的血肉里，嵌着几根松针和绳丝。阿贵倒吸了一口凉气：天，这一路，它忍下了多大的痛楚啊！

阿贵打了一桶清水，将一块抹布蘸湿了，轻轻地给小青洗伤口。擦一下，小青的皮扯动一下，尾巴抖一抖。

阿贵突然就擦不下去了。

就算把这个伤口洗出一朵花来又如何？明天早上，同一条绳子还会绑上同一叠砖，勒在同一块皮肉上，把好肉磨出血，血磨出脓，脓溃烂再生出蛆。

后天也是一样。

大后天还是。

阿贵把抹布咚的一声扔回到桶里，水花溅了一地。然后转身去拌饲料喂驴。阿贵在小青的料槽里多放了一块豆饼，那是小青最爱吃的精料。小青埋下头去，嗅了几嗅，恹恹地咬了几口就不吃了。阿贵把豆饼拿起来，掰碎了，放到手心，喂给它吃。它舔了舔他的手掌，睫毛扑闪了一下，睁大眼睛定定地看着他，那眼神湿漉漉的。

阿贵的心揪了一下。

阿贵从小在家就养过鸡养过鸭养过鹅养过狗，也养过羊和牛，他见过它们出生、长大、野合，也见过它们在他眼前死，很多时候，还是他亲手宰杀的。早上还喂过食，晚上却已是盘中物，他无论是养是杀是吃，心里都没有犯过一丁点嘀咕，因为它们有它们的命。人也有人的命，它们的命，本来就是老天造出来滋养人的命的，他从来没有对任何一头牲畜动过怜悯之心。

那是因为，没有任何一头牲畜长着一双像小青那样的眼睛。

阿贵轻轻抚摸着小青的头，叹了一口气。

"这日子，没有头的，怎么过得下去？"他问小青。

小青伸出颈子，把头拱进阿贵胸口，轻轻蹭了几蹭。小青的头硬硬的，却很暖和。

阿贵觉得胸口有一团东西涌了上来，堵在喉咙口，吞不下去，也吐不出来。

他突然明白了，小青在可怜他。

因为小青就是他。他就是小青。

七

阿贵周六没有回家，他到家的时候，已是周日的早上。

小树是第一个听到摩托车的声响的。小树的耳朵比狗还灵，能从五进士那条泥土路上所有的嘈杂声中，准确无误地辨认出他阿爸的摩托声。他跳下那匹刚刚在他屁股底下焐暖了的木马，飞快地冲出院门，鞋带松了，差点绊了他一跤。

跑到路口，他远远就看见他阿爸的摩托在路上扬起一线飞尘。他拼命摇手，阿爸咔的一声把摩托稳稳地停在了他身边，双脚往地上一杵，像两根铁桩子。引擎还在喷气，吹得路上的石子啪啪地飞溅起来。

他喜欢看阿爸骑在摩托车上的样子，他觉得这个时候的阿爸才真是阿爸，其他时候的阿爸更像是爷爷。

"阿爸，你怎么才回来？阿妈说你不要我们了。"小树说。

"她知道个屁。"

阿贵把儿子托举上来，放到后座上。小树摸了摸绑在摩托车上的那个厚厚的黑色塑料袋，冰凉，带着潮气，手指碰上去有一些坚硬的棱角。

"阿爸，我不要苹果，阿妈说苹果放老了像棉花，我要杧果。"

阿贵没好气地哼了一声："把个嘴巴惯得，还杧果呢，吃个屎。"

小树觉得今天阿爸的脸有点长，见着他不是平日的欢喜模样，就噘了嘴，坐在后边不敢出声。

"你阿妈这阵子出过门吗？"阿贵问儿子。

"去过集市，和奶奶一块。"小树说。

"有谁来看过她?"

小树低头想了半天,才说:"只有阿秀表姨。"

阿秀是阿珠的表姐,嫁在邻村,是阿贵和阿珠的介绍人。

"说了些什么?"阿贵警觉地问。

"没听见,她们关着门,我和阿权哥哥在外边玩。"小树说。

阿权是阿秀的儿子,比小树大两岁。

阿贵腮帮子一鼓一瘪,像在嚼豆子:"这个烂女人,要是下回让我看见,立马赶出门。"

"她给我带了蛋糕,奶油的。"小树小声替阿秀表姨辩解着。

"你就知道吃!"阿贵呵斥。

小树从没听过阿爸用这个腔调说话,瘪了瘪嘴,想哭。

阿贵伸出手来,撸了撸儿子的头发:"阿爸让你做件事,下回你要是看见你阿妈一个人出门,立刻给阿爸打电话,用奶奶的手机。记住了?"

小树看了阿爸一眼,点了点头,嘴巴抿得很紧。

"下次回来给你买水枪,天热了打水战。"阿贵说。

小树的嘴角立刻松了,欢天喜地问阿贵下回是什么时候。

父子俩骑着摩托车进了家门，只见阿贵妈和阿珠正在院子里晒被褥。窗架和桃树之间拉起了一根粗绳子，阿贵妈和阿珠一人扯两个被角，晃平整了，晾上去，再夹上几个夹子。太阳在云里进进出出，天一会儿明，一会儿暗，似乎撑不太住。小河正坐在一张竹圈椅里，用手指头追着天上一路小跑的云朵，嘴里咿咿呜呜。

阿贵放下小树，走过去抱起小河。小河怔怔地望着他，面无表情。

"没良心的，叫你认不出我，叫你认不出我。"阿贵把小河高高地举起来，在半空转了几个圈。小河哇地哭了，哭了几声又咽了回去，咯咯地笑了起来。

阿珠迎上来，怯怯地问："我去开热水器，你，洗澡?"

阿贵没理她，只对他妈说："你别瞎操心了。我跟你说过，阿意住家里不合适，她带着她男人，就咱这个条件?"

阿贵妈拿起藤条拍着被褥，院子里扬起细细一片粉尘。

"新娘子头次回娘家，怎么也得住一夜，这是规矩。"她说。

"人结婚都快两年了，还说这话。"

"只要她没回来过，她就还是新娘子。"

阿珠进去开热水器了。家里的卫生间，是阿贵结婚的时候盖的，在后院另起了一套走水系统。

阿贵妈见眼前没人，就斜了儿子一眼。

"你这么久不回家，总得打个电话回来吧？就算不打电话，家里给你打电话，你也得接吧？爹娘你可以不管，我们自生自灭拉倒，那老婆孩子还是不是你的了？"

阿贵没回话，只是把小河放回到圈椅里，自己去卸摩托车上的东西。阿贵妈过去搭手，却被那个重量吓了一跳。

"皇天，这足足有五十斤吧？这么多水果，吃不完就烂，你不怕糟践天物？"

阿贵打开塑料袋，往外拿东西。塑料袋里还有塑料袋，大的套小的好几个，都沉甸甸的，口子用细铁丝扎住。

"不是水果，是稀罕物件，等着阿意他们来吃。"

阿贵妈拿过一个口袋，放到鼻子底下闻了闻，有股隐隐的血腥味。

"赶紧放冷冻室，放不下就匀几个口袋到世华茂盛他们家，借他们的冰箱使一使。"阿贵交代说。世华和茂盛都是他们家的紧邻。

"什么东西？别是牛肉？不是说好要宰牛的吗？"阿贵妈问。

阿贵不答，只问爸去哪儿了。

阿贵妈说在地里呢，刚把牛弄下山来。阿贵说怎么不等我回来。阿贵妈说昨天等了你一天。

阿贵拔腿就朝外走去。

八

阿贵拐过小道，远远就看见他阿爸杨广全蹲在自家那块地边上抽烟，头发被风吹起来，抖抖索索的，像一朵扬着絮的蒲公英。

牛拴在一棵树身上，还没架辕。五进士村的牛，一年到头都放在山上散养，到了耕种时节才找回来，用完了再送回山上。山替人养着牛，山也替人看着牛，第二年上山找牛的人家，丢了牛的少之又少。偶尔有牛跑到邻村去了，辗辗转转，迟早有人送回来。一个穷得只长毛不长肉的地方，却居然不出盗牛贼，也是一桩奇闻。只是如今村里已经没有几户人家还在认真耕种，养牛的，居多只是为了卖肉。

好一阵子没见着，牛老了，身上的皮起着灰黑的皱褶，乍一看像一块脏石头。阿贵拍了拍牛背，牛漠然地看了他一眼，眼神混浊如泥。阿贵不禁想起了小青。"眼睛是心灵的窗口"——那是小时候在学校读书时，语文老师教给他的话。那时听着挺好，现在想着难免有点酸牙。不过，牲畜大概也真是有心的，只是他看不见它们的心，他只看得见窗口。窗口和窗口各不相同。

"如今的牛，太他娘的享福了，耕一两天地，玩儿似的，下山还老不愿意。"杨广全说。

阿贵脱下鞋袜，将袜子揉成一团，塞进运动鞋里，卷起裤腿下水田试了一试，嗞地抽了一口气。

杨广全从兜里摸出一根烟来，扔给站在水里的儿子。

"先抽一根再说。"他说。

今年的天冷，但是草木有根，根只听土的。土的世界是另一个世界，土有自己的信息系统。土告诉根时令已到，一山的树木便都郁郁葱葱。桃花开得粉一丛白一丛，衬在绿上，很是醒目。

阿贵从水里爬上来，在杨广全身边蹲下，借了他的火，两人一口一口地抽起烟来。

田埂上有一只鹅，不知是从哪家篱笆里钻出来的，大摇大摆地从他们身边走过，颈子一伸一缩。阿贵扔了块石头过去，正正地落在那片肥臀上，鹅嘎地惊叫了一声，翅膀拍着地，半飞半跳地逃走了。

"小时候妈总吓唬我，说鹅逼急了，能啄死人。我没少作弄鹅，可鹅从没追过我。"阿贵说。

杨广全笑了："禽兽也知道欺软怕硬。"

"阿爸，今天不用急，等太阳再把水晒一晒。咱不杀牛了，耕完地就把它卖了，听说今年的市价，一头整牛，能卖到三万多。"阿贵说。

杨广全急了，嗓门都变了调。

"这不行。你妈说的，阿意出国的时候，全村都送过路菜。她在外边结婚，家里也没摆过酒。这酒席是省不了的，你若省了，你妈得急死。"

阿贵见他爸脸上的褶子都挤成了一堆，就拍了拍老爷子的肩膀，说："我敢吗，省那个钱？我带了驴肉回来，五十多斤，黄粿蘸红烧驴肉汤，叫他们吃得认不得家门。"

杨广全又吃了一惊。

"驴肉那是比牛肉还金贵啊，你钱多了烧啊？"

"运输队里有头驴，皮肉烂了，流脓发炎。老板不敢用狠药，怕万一死了卖不出去，就宰了。我买了一大块，比市场上便宜一半。"

杨广全这才不吭声了。

"真是头好驴啊!"阿贵叹息道。

小青被拉走的那天早上，他不在。等他回来的时候，小青已经成了案板上的肉。他以为自己会多伤心，但是他没有。小青活着是长痛，死了是短痛，他倒情愿小青早死，能少遭些罪。再说，小青的肉，他不吃，也是别人吃，一样是吃，他至少也得着了小青的最后一点好处。装驴肉的时候，他觉出了自己的心硬，只要他没看见小青的眼睛。

"阿爸，以后田里的事，还是可以叫阿珠来做的。她现在整天在家，能干些什么？"阿贵说。

杨广全看了儿子一眼，只觉得这话的语气有点奇怪，像是质问，又像是打听。他一时不知如何回应。

"一个女人，带两个娃，一天也够她忙的。"他含含混混地说。

阿贵哼了一声。

"我妈当年，也是两个娃，还有一大家子人，她照样下地。"

杨广全没吱声。他把一根烟抽到头了，又掏出一根来，接在那根的尾巴上，续着了火。他抽烟的时候，吸得急，吐得却很慢，烟从他的鼻孔里钻出来，变成一个一个环环相扣的圆圈，渐渐升高了，圆圈涣散开来，各行己路，扁扁长长的失去了形状。

"所以，你妈才走了两回。"杨广全轻声说。

阿贵觉得阿爸老了，不仅话少了，而且说话的腔调也变得软绵了。阿妈的事，全村人都知道，阿爸从前说起来，从来不忌讳使用"逃"这个字。

天终于稳住了，云彻底散了，露出一片朗朗的日头。

阿贵舒了一口气，却想起小时候每天夜里躺下，就期盼着早上能下雨，只要下雨他就赖在床上，不下地也不上学。阿妈喊了又喊，终于喊不动他，就自己披着蓑衣出了门。他躺在床上，想到阿妈裹着蓑衣穿着高筒胶鞋在泥路上一步一滑的样子，很想爬起来追上阿妈，可是脑子愿意，身子却不肯。年轻的身子有力气，年轻的脑子打不过年轻的身子，身子十回有八回赢。

"阿爸，你当年在外边揽活儿，待久了，回家习惯吗?"他问。

杨广全嘿嘿地笑了，眼睛里飘过一丝轻狂。

"你天天在外头，这话用得着问我吗? 五进士这么个地方，一眼看过去，就到底了。那时候，家里又是这么个烂摊子。在外头，能叫人张狂啊，有时也真想过，就死在外头算了。"

"可是你……"

阿贵原想说"你没死在外头啊"，这话在肚肠里走过一遭，就改了道，变成了"你，还是回来了啊"。

"女人能走，男人走不了。女人是被子，男人是房顶。被子盖在哪张床上都行，房顶挪不了地方。"杨广全叹息道。

阿贵怔了一怔。阿爸这话是把冰凉的刀子，钝钝地捅了他一下，就像那天小青看他的那一眼，叫他心中突然生出一丝恓惶。

"那一回，我妈走了那么久，你就没想着去找？"他问。

"没用。那回我知道她铁了心了。一个人要是铁了心要走，那是天也拦不住的。"

"哪怕有了孩子？"

"哪怕有了孩子。"

阿贵把一支烟抽到了头，扔进水田，哧的一声，水破了一个洞，烟头沉下去了，冒起一缕细细的青烟。阿贵怔怔地盯着烟头栽下去的那个地方，额头上有一根筋在微微颤动。

"你妈没想扔下你，她只是不想活了，她不想你跟她一块儿死。"杨广全似乎猜出了儿子已经滑到舌尖的那句话，就把那话堵了回去。

阿贵掏出烟盒，自己拿了一支，也递了一支给阿爸。这是他回到家之后的第二支，他阿爸的第三支。

"她丢得下我，却不会丢下阿意。"阿贵说。

"要不是阿意，这个家就散了，也就没你了。所以你妈偏待阿意，我从来没说过半句话。"杨广全说。

偏待？仅仅只是偏待吗？阿贵在心里暗暗地问。

假如，那年家里没有因为阿意上大学，而杀了那头存着给他做聘礼的牛；假如，那些年阿意没有出去上学，而是待在家里帮着干活儿，或者像别的女孩那样，找个家境好些的男人嫁出去了，不仅给家里省一张吃饭的嘴，或许还能悄悄地往家里塞几个体己钱。那么，他也许早就娶下了一个知根知底、说得通话的女人，那个人肯定不从越南来，也肯定不会有一个像阮氏青明珠这样的名字；那么，他的儿子不会是四岁，也许会是十三岁，也许不叫小树，而是叫杨衍康，或许杨衍运，或许杨衍成——衍是他们那一代的辈分字。

假如。也许。

阿贵把攒在心里的那口气，在胸腔里咕噜咕噜地运成一口痰，惊天动地地吐了出去。几只鸡扑过来，争抢着那个被尘土裹成一团的黑球，仿佛那里头藏的是一只肥硕的死知了，或是一只活着的大青虫。

"我留了点钱，你妈不知道。"杨广全从烟盒里，窸窸窣窣地掏出一张纸头，"户头和密码都在这里。这些年，家里亏待了你。"

"你结婚的时候，我都没敢拿出来，怕娶的那个人不知底里。现在看阿珠那样子，倒是老实规矩，肯跟你过日子的。"杨广全对儿子说。

阿贵冷冷一笑，说："知人知面。"

46

杨广全正要问这话是什么意思，阿贵已经站起来，赤着脚，过去树边上套犁。牛吃饱了，正有力气，老老实实地背上了辕，和主人一起哗啦哗啦地下到了水田里。

九

阿贵妈跟阿珠多次提过的第二回落进同一条河里的事，发生在阿贵七岁那一年。那年阿贵刚上小学一年级。

一年级是城里人的说法。阿贵上的学校，就在村里的一个破院落里，最多的时候有二三十个学生，其中有的来自邻村，从七岁到十二岁不等。教书的只有一位民办老师，手里捏着一摞六个年级的课本，从这本里翻几页，从那本里挑几节，讲到哪里是哪里。农闲的时候，村里的媳妇和婆子们也会拿着针线活儿，坐在院子里听老师说几句大舌头的普通话。到了农忙，连老师自己都回家种地去了，学校就空无一人。城里人说的几年级，到了五进士村，就成了村里人区分孩子大小的一个模糊说法，只为偷懒，跟学校其实并没有太大关系。

那时候刚开始落实分田到户制，杨家分到的几亩地，虽然远一些，却都还是平地，比起那些分到山地、有牛也使不上的人家，自然幸运了许多。

那一年快到春耕时节，婆婆好像打了兴奋剂，让人扶起来靠在墙上坐着，将全家都喊齐了商量事。

商量其实是一种含混说法，更准确的说法应该是告诉，或者说，指令。婆婆做得了杨家每个人每只碗的主，婆婆唯一需要商量的人，只是她自己。

"老二在丽水揽着了一件大活儿，我不叫他回来，他挣的钱比我们多。"婆婆说。

"今年春耕我们家少一个老二，还有你们六个劳力，哪一个，都得拿出吃奶的力气。"

婆婆说的六个，是指小叔、阿贵妈、大伯、大伯娘，还有大伯家的两个女儿，一个十七岁，一个十五岁。

"还有你，"婆婆扬起下颌指了指七岁的阿贵，"大事你做不动，割牛草送水送饭，你不得偷懒。明天你跟你妈去山上，把牛找回来。"

婆婆在床上已经瘫了二十多年，婆婆在家里唯一能做的，只是针线活儿，可是婆婆管着家里每一个干活儿的人。婆婆的脑子是一个棋盘，她把杨家的每一个人都装在里边，做成了一盘棋。农忙有农忙的走法，农闲有农闲的走法，婆婆每一天都在调兵遣将。婆婆走的每一步棋，都是落棋无悔。婆婆的唾沫星子也有重量，落到哪里都生根。

众人无话，只有阿贵不懂事，嘟囔了一句："我要跟小

48

叔去，小叔会爬树看远，我妈不会。"

婆婆啧啧地咂着舌头："你一个豆丁大的孩子，也有话说啊？"

婆婆转过脸来，斜了一眼站在角落里的阿贵妈。

"你妈是能人，那年你妈连家门都还没记清楚，就要一个人回娘家。几百里地，男人都不敢，她敢。你还怕她找不回一头牛？"婆婆说。

婆婆的话是从鼻孔里出来的，气息剐着皮肉，带着些呲呲声。

婆婆说的是阿贵妈新婚第二天就出逃的事。

八年了，她还没有放下那件事。阿贵妈暗想。

从阿贵妈进门那一天起，婆婆就是用这种口气跟她说话的。刚开始，她觉得那是尖刀，剜在她心上，疼得让她抽成一团。后来她渐渐习惯了，就觉得那刀钝了，扎在身上还是痛，却已经是钝痛了。再后来，那刀就不再是刀，而成了一条竹片，剐着她的皮肉，难受是难受，却不再是疼。

五进士的女人一辈子受了太多的冤屈，从老天手里，从丈夫手里，从婆婆手里。五进士的女人一辈子积攒的怨气，把肠子都熏成了烟囱。五进士的女人若找不到一个法子泄一泄怨气，怕是人人脑门上都得顶一个西瓜大的肿瘤。

幸好，五进士的女人都找到了发泄的法子，只要她们没有死在做儿媳的路上。等到她们熬成了婆，她们终于可以把那条漆黑的肠子拿出来，在儿媳妇身上好好洗一洗。

杨家有两个儿媳妇，婆婆并没有饶过谁，只是大儿媳是个哑巴，不能回话。大儿媳的沉默像一块毛孔粗大的海绵，把婆婆的怨气都吸了进去，叫婆婆的拳头打过来，却没能弹回去。

其实阿贵妈也不回嘴，都是沉默，但这份沉默和那份沉默却有着本质的不同。婆婆腿坏了，眼睛没坏。婆婆腿上的缺失，在眼睛上得到了加倍的弥补。婆婆眼睛能走到的地方，远胜过寻常人的十条腿。婆婆一眼就看穿了二儿媳沉默中的悖逆，从她低垂却硬挺的眼神中，从她梗着的颈子里，从她微微扯动的嘴角上。于是，婆婆像扔一块吸满了脏水的洗碗布一样，扔下了哑巴大儿媳，把心思单单放在阿贵妈身上。婆婆最解气的事，不是一巴掌拍扁了一团软面，而是一巴掌拍下去，看着面团瘪了，弹起来，再拍上第二掌。这个循环往复的过程，让她觉得日子还有那么一星半点的活头。

婆婆的话虽然不好听，但婆婆这话说得也并非完全没有道理。上山找牛是件耗时累人的活儿，婆婆是想让阿贵妈替下小叔子，让小叔子能养精蓄锐，应付耕种那几天的劳作。在调兵遣将的棋局里，婆婆看重的是全盘计划，她很少因为对某个棋子的好恶，毁了她的一整盘棋。一个瘫在床上的寡妇能掌一个九口之家，一掌就是二十多年，其间必定有自身的奥秘。婆婆只想着怎样把日子撑下去，却从没想过要招人欢喜。

阿贵妈曾经跟着丈夫上山找过牛，杨广全教过她找牛的诀窍。牛群居，很少分散着走，喜欢朝水多草多的地方去。牛群走过的地方，必定会留下粪便和蹄印。顺着这些印记走到头，就能找到牛。

可是那一次，往常的经验突然不管用了。前一年夏秋时节天旱雨水少，草比往年荒芜，牛群走得很远，蹄印时断时续。母子两个从一大早走到傍晚，竟然一直没有找见牛的踪迹。直到天黑得看不见路了，他俩才摸索着下了山。下山的路上，阿贵妈的脚指头磨破了袜子，在鞋尖上戳出一个大洞，每走一步，石子草刺都扎人。

走到离家不远的地方，阿贵妈突然觉得腿脚从她身上脱落下来了，身子一矮，人就扑通一声坐到了泥土路上。吸走她最后一丝力气的不是疲惫，而是恐惧。春耕假若没有牛，那是件近乎天塌下来的事。找不到牛，不是牛的错，不是山路的错，更不是天候的错，只能是找牛的那个人的错。天若真塌下来，砸不到牛，砸不到山，更砸不到天候，只能砸在她一个人头上，把她碾成齑粉。

她掏出揣在怀里的那个手绢包，塞到儿子手里，挥挥手，有气无力地说："你先进去，把这个交给你奶奶。"

阿贵妈交给儿子的那个手绢包里，是一把山上采到的野菇。那菇不是寻常的菇，而是从山顶百年老枫树身上长出来的。山顶高寒，风吹得野菇自然开裂，表皮上就有了一块块花斑。这菇俗称花菇，个头小，却是菇中的极品，平日很难遇见，这几个是被雨水打落在地上叫他们捡到的。阿贵妈想让儿子把这几颗宝贝献给家里的那位老太君，等婆婆的怒气被亲孙子磨去了毛刺和尖角，她再进屋。

阿贵妈看着儿子跌跌撞撞地拐进小巷，走进家里的院门，她知道阿贵今天也已是筋疲力尽。她竖起耳朵，想听一听院子里的动静，可那晚刮的是顺风，风没有送来她想要的声音。风吹在她后背，一拱一拱的，一下子吹干了一身的汗，她觉出了衣裳的单薄。巷子里很静，听不见一声犬吠蛙鸣，静得她心里发毛。月牙出来了，星子清清亮亮的，有一队大雁从头顶飞过。

她从来不知道大雁会在夜间飞行。排的是一个人字，边角齐整得像一幅剪纸。大雁从来都知道路，从哪里来，到哪里去，所以飞起来才如此胸有成竹，如此纹丝不乱，如此旁若无人。

眼看着大雁无声地飞远了，天空平复如初，丝毫没留下鸟翅的划痕，阿贵妈冷不丁一下记了起来，那天正是自己的生日。

那天她二十七岁。

她也是知道自己的路的，但当她还是一个十九岁的女孩，坐在床上织毛衣，从开着的房门看见院子里那个口袋上插了一杆自来水笔的男人时，她并不知道她要往哪里去。那时她以为从云和的家门走出去，脚前就有无数条路。

现在她坐在离丈夫家不远的泥土地上，感觉到湿气渐渐透过裤子，渗入她的肌肤，她已经真真切切地知道了自己的路。她只有一条路，那条路，从开春的第一日就可以看到严冬的最后一日，一年四季不是一条线，而是一个圆。她被圈在这个圆圈里，即使迷路，即使丢失，也是在这个圆圈的某一段弧线上，永远绕不出去。一直到老，一直到死。

她听见一阵咯咯的声响，那是她的上下排牙齿在相互撞击。是冷，是饿。又不完全是。

她在路口坐了一会儿，没有人出来找她，包括她的儿子。

她终于站起来，朝家里走去。平常这个时候，院门已经上了闩，今天却是虚掩着的，他们知道她会回来。进了屋，偌大的房子里，只有饭桌上点着一盏灯。家里最近不再点篾条，杨广全从外头买进了几盏煤油灯。灯光把黑暗剪出一个边缘模糊的圆圈，圆圈之外的地方坐着人。她看不清他们的脸，只看见墙壁上一团团的影子。灯蕊焦了，呲啦呲啦地响着，冒着细细的烟，火苗一跳一跳的，照见了饭桌上阿贵的一张花脸——那是眼泪在尘土上走出来的路。

阿贵捧着一碗红薯粥，吃几口，抽泣一声。一屋的人都没说话，就像八年前阿贵妈出逃回来的那个晚上一样，不过那个时候她还不叫阿贵妈，因为阿贵还在她肚子里。空气很密很紧，绷得像一块风吹过来会发出颤音的超薄玻璃，每个人手里都捏了一角，谁也不敢轻举妄动，一动就要裂成一地碎片。

就在这时，阿贵妈的肚子毫无廉耻地叫唤了起来，一屋人都听得清楚。没人问她吃没吃过饭。婆婆不开口，这屋里没人敢说话。她只好自己摸进了灶房。她不怕磕碰，她闭上眼睛也知道各样物件的位置。她走到灶台，掀开锅盖，用搁在锅边的锅铲探了探虚实。她只探着了薄薄的一层锅底，那是红薯粥结下的锅巴。她把锅巴铲起来，放到掌心。她懒得找碗，就在掌心上把锅巴嚼完了。锅巴黏在她的喉咙口，不肯下去，她在灶台的水罐里舀了一瓢温水，就着瓢咕咚咕咚地喝了下去，锅巴终于落了胃。离饱还很远，但肚子至少有了一层底。

她在灶房的门槛上坐下来，心突然就定了。天要塌就整个塌了吧，碾成齑粉也是瞬间的事，总好过塌了一角悬在头顶，时时刻刻不得安宁。她已经把要说的话想好了，第二句，第三句，还有第四句。第一句话她不用想，那是婆婆的事。只要婆婆不开口，她就绝不开口，看谁能把耐心先磨出窟窿。

屋里有人咳嗽了一声，灯蕊颤了一颤。

"咋办呢，你说？"婆婆终于说出了第一句话。

这话像是说给每一个人的，但每一个人都知道这话是说给谁的，所以谁也没接。

"明天，我再去找。"阿贵妈轻声说。

"明天再没有呢？"

屋里还是沉默，但这沉默里已经有了裂缝，掺进了一丝如释重负。在今天早上之前，牛本来是每一个人的事，而到了这一刻，牛就成了她一个人的事。春耕无牛这样的大事，落在别人身上，总比落在自己身上好。他们不是懒，也不是恶，他们只是穷途末路。

"租吧。"阿贵妈说。

众人发现阿贵妈变了，变在哪里，也说不清楚，他们只觉得她说话的口气依旧轻软，但那轻软底下却绷着一根细细的铁丝。

"皇天！你知道那是什么价？"婆婆咚地捶了一下床板。

"知道，是三倍的人工。"阿贵妈说。

婆婆冷笑了一声。

"知道就好。买牛的钱还没还清，你拿什么去租牛？莫非是你男人偷偷塞了你私房钱？"

阿贵妈也冷冷一笑："你儿子挣的钱，一个子儿也轮不到我。我有我自己的钱。"

阿贵妈松开裤腰带，取下裤腰里别着的一个塑料袋，从里边掏出几张纸票，展平了，放到桌子上。三张整的，一堆零的。看得出来那纸票有些年头了，折痕很深，起着毛边，纸面上蔫蔫地带着身体的潮气。

这是那年她跟着杨广全走出云和的家时母亲塞给她的压路钱。原来是四十块，后来她逃走的时候花了两毛钱，现在还剩下三十九块八毛。

屋里的人都吃了一大惊。

自从那次出逃之后，云和娘家知道了杨广全家里的实情。父母写了好几封信来，追问杨广全打没打她，赌不赌钱，在外边揽活儿时有没有胡来。在父母心中，只有这三样才是不可饶恕的大罪过，才能让他们为她打开回家的门。

贫穷不是出逃的理由，不公也不是，好人家不能为这样的事背上骂名。阿贵妈从此不再和娘家说起夫家的事。只是从那以后，逢年过节，父母都会寄几个零花钱给她。这些钱不是秘密，邮递员站在路口高喊一声"李月娇私章"，全村就都知道了，所以她一个钱也留不下，都转交给了婆婆补贴家用。

婆婆没想到她还有私房。唯一知道这钱的，是杨广全——母亲当年是当着杨广全的面交给她的。可是杨广全谁也没有告诉。有几次杨家到了几乎山穷水尽的地步，杨广全也没逼着她把钱交出来充公。

"你哪来的钱？遇上阔佬了？"婆婆问。

"还真是。"阿贵妈说。这话不是事先想好的，这话是胸口的一股热气推出来的，连她自己都吃了一惊。

"阔佬能图你什么好？"婆婆哼了一声。

"是啊，除了你想的那桩事，我还能有什么好？"阿贵妈说。

婆婆拿起床头纳了一半的鞋底，朝着阿贵妈扔了过来。阿贵妈想闪，却没来得及，鞋底正正扇在了脸颊上。先是火辣辣的，后来，那热的地方厚实了起来，像生出了一层厚皮。

"什么样的人啊，能当着细娃子说这样的话！杨家作下了什么孽啊，皇天！"婆婆尖声叫喊了起来。

这么准的眼力，这么狠的手劲。阿贵妈暗暗惊叹。

大伯子咳咳咳地干咳起来，用烟袋指着阿贵妈，连说了几个你你你，却没说全一句话。

阿贵妈转身进了自己的屋。

阿贵妈摸黑坐到床上，捂着脸颊发了一会儿怔。脸上的热慢慢地退了下去，她这才觉出了脚上一扯一扯地疼。点亮油灯，脱下鞋子，发现血泡早已磨破了，血水和袜子黏成了一片。她把袜子小心翼翼地脱下来，还是扯下了一层皮。脚上的裸肉里，扎着几根草刺。她拿出一根针，在煤油灯芯上烧过了，就来挑刺，挑一下，嘴里咝一声。

天终于塌下来了，是她自己捅的。她把她自己逼上了绝路。

也好，她终于在那个从年头一眼就看到年尾的圆圈里，凿出了一个缺口。

门吱扭一声响，是阿贵进屋了。

"吃没吃饱？"她问。

阿贵的头动了一下，她看不出是点头还是摇头。阿贵在床边站着，手松开，枕头上落下一枚煮熟了的鸡蛋。阿贵把鸡蛋往阿贵妈那头推了一推。

阿贵妈眼睛热了一热，突然放了心。阿贵姓杨，是杨家唯一的男孙，婆婆苛待谁也不会苛待阿贵。

"阿贵，你知不知道妈刚才说的都是气话，不是真的？"她问儿子。

阿贵没说话，只是脱下鞋子，往被筒里一钻，脸朝里躺下了。阿贵妈过去脱阿贵的袜子，要看阿贵脚上的泡，阿贵把脚缩得紧紧的，不让。油灯的光亮把阿贵裹着被子的身影投在墙上，像是一个塌陷下去的坟包。阿贵妈心里一惊。阿贵的呼吸渐渐缓慢下来，后脑勺有一绺头发硬硬地翘着，随着呼吸一起一落。紧接着，屋里响起了细细的鼾声。

"阿贵，妈有事要跟你说。"

阿贵妈忍了一会儿，没忍住，终于把阿贵摇醒了。七岁的孩子还没长记性，他已经忘了刚才的事，他只是迷茫地看着他妈。睡意压在眼皮上，像一座大山，他扛不住那样的重量。

"你还记得云和的外公外婆吗？"

阿贵点了点头，又摇了摇头。他三岁的时候，阿贵妈带他去过云和。五岁的时候，外公外婆到庆元县城和他们见过一面。阿贵还太小，那时候的记忆是浮云，作不得准。

"你外公叫李国胜，你外婆叫罗香云，他们住在胜利街和百合街的交界口，解放电影院对门。你长大了，他们要是不在了，你记得给他们烧香上坟。"

阿贵觉得有点奇怪。阿贵其实是想问妈妈：你不会带我去吗？可是阿贵那天走了太多的路，脑袋很沉，身子很轻，脑袋一下子把身子压倒了。他迷迷瞪瞪地答应了一声，身子一歪，就又睡了回去。

阿贵妈这一夜心定了，就睡得很沉，醒来时鸡已经叫过了一轮。灶房里传来扑哧扑哧的声响，那是哑巴妯娌在扯风箱煮番薯粥。

阿贵妈侧过身去，怔怔地看着儿子。从竹帘缝里漏进来的天光还是灰蒙蒙的，她定了一会儿神，才看清了儿子的睡姿。阿贵脸朝里，双脚紧勾，身子蜷成一团，像是一只等待破壳而出的小鸡仔。这是他昨天躺下时的样子，一夜里他没有换过姿势。

阿贵妈挪了一下胳膊，觉出来有样东西硌着她的肘子，一摸，原来是阿贵昨晚带进屋来的那枚鸡蛋，这会儿已经冰冷了。阿贵妈把鸡蛋焐在自己的手心暖了一会儿，轻轻塞进阿贵攥紧的拳头里。阿贵动了一动，却没醒。

阿贵妈轻手轻脚地起了床，穿上衣服鞋子，给阿贵掖紧了被子，便走出屋来。正要抽院门上的木闩，腰上被人轻轻拱了一下，回头一看，是哑巴妯娌。哑巴手里拿着一个刚出锅的番薯，嘴里嗷嗷叫着，阿贵妈听懂了，是让她先吃早饭。番薯很烫，哑巴两只手倒腾来倒腾去。阿贵妈摇了摇头，说不吃。哑巴挑起衣襟兜着番薯，腾出一只手来，从衣袋里摸出一条手绢，将番薯包在手绢里，塞进了阿贵妈的裤兜。

阿贵妈走出院门，走到路上，看见村里早醒的人家已经把鸡轰到外边找虫子。邻家有个跟她差不多岁数的媳妇，已经背着一篓猪草下山了。临近春耕时节的五进士村，所有的事情都比往常提早了两三刻钟。

"阿贵妈，这么早就上山找牛啊?"邻家的媳妇问。

阿贵妈扯了扯嘴角，表示默认。

杨广全家丢了牛，是昨天晚上才发生的事，今天早晨，就已经是全村的新闻了。闲话不需要嘴巴，闲话自己长着腿脚，可以从门缝墙缝窗棂格缝里钻出去，随意爬上别家的饭桌床头。不知昨晚那句关于阔佬的话，是不是也已经成了五进士家家户户的话题? 阿贵妈轻轻笑了一笑，她已经不在意。那句话从她舌尖上溜下来的时候，她就知道，再也不会有什么东西能伤着她了。

昨晚挑破的血泡还没结成硬痂，脚板踩在地上仍旧隐隐生疼。幸好她今天不用赶路，她可以按着自己的性子慢悠悠地行走。也幸好她今天换了一双新鞋子，鞋底很厚，踩着比平日松软结实。其实，这也不能算是新鞋子了，它已经在柜子的一个角落里闲放了好长时间。那是阿贵四岁那一年，杨广全在县城揽活儿回来时给她买的，当时他还顺手让人给她钉了一层胶皮鞋底，天下雨时也能撑几步路。杨广全把鞋子带回家时，是用两张又破又脏的报纸严严实实地包着的，看起来不像是新物件，倒像一团亟待丢弃的垃圾。杨广全是到了夜里关起门来时才把鞋子交给她的，再三交代她不要在家里穿——她一下子明白了他是不想让他的寡母看见。她气他的这句话，就把鞋子丢在柜角，一丢就是三年。杨广全大概也是想对她好的，只是杨广全对她的好，是窃贼对赃物的好，不能放在明处，见了光就死。

天还早，天边的鱼肚白里刚刚露出第一缕红粉。山在这个时候还不是绿，绿是半个钟点之后的事，这个时候的山还只是深深浅浅的青和灰。在日头出来之前，什么都是湿的，山，路，田地，树木，山的褶皱里飘浮着一些朦朦胧胧的雾气。通进山里的那条小径远远望去，像是一条湿漉漉的肠子。廊桥却是另外一种样子。廊桥像一只灰褐色的乌龟，横卧在那条没有名字的河上，前蹄在河的那头，后蹄在河的这头。廊桥到底是道光爷手里的货色了，老也老得有气势，把身后的山、身下的水收拾得服服帖帖，大气也不敢出。一群被风惊扰的雀子，从树林中飞出来，钻进廊桥，过了一会儿，又三三两两地从那头飞了出去，满耳都是叽叽喳喳的聒噪声。

嫁进村里八年了，阿贵妈从来没有像今天这样仔细地看过五进士的景致。她知道那是因为怨气。怨气里看见的景物都是地狱，怨气里听见的声响都是噪音。而今天，她终于可以放下怨气，安安静静地看一看这个把她从李月娇变为阿贵妈的地方。

真还是好山水啊。她对自己说。

这是一句心平气和的话，离喜欢很远，更不是爱，至多只是释然。她终于可以释然了。这个地方有一千条触须，每一条都死死缠绕着她，不肯放她自由。她只能靠割舍自己来割舍她和它的联系。

走到廊桥跟前的石阶时，她停了下来。她已经走过了无数次廊桥，但她从来没有数过通往廊桥的石阶是多少级。今天要走的路，她早就想好了，就在她突口说出那句关于阔佬的气话时。只是她还没想好怎么个走法，她需要上天给她一个信号，一个只有她懂的暗示。

假如石阶是单数的，是一种走法。双数的，则是另一种。

她抬脚走上了石阶。石阶很滑，带着隔夜的潮气，亏了鞋底胶皮上那些凹凸不平的纹路，让她踩上去很稳很有底气。

那是杨广全给她钉的鞋底。他能让她记住的，恐怕也就是那么一丁点的好处了。

她走上了廊桥。她暗暗数过了，从下往上，是十二级石阶。

她走过廊桥，到了那头。桥面到平地，从上往下数过去，也是十二级石阶。

都是双数。

她准确无误地读懂了老天爷的暗示。

十

阿贵妈回到五进士村，已经是十天以后的事了。离开的时候，她没料到自己还会再回来，但十天的时间足够长，让她想通透了回来的理由。走的理由很充足，回的理由是个意外，但比走的理由更加充足。当她走到廊桥跟前时，她心里是踏实稳妥的。

她没有立刻回家，而是在廊桥的石阶上坐了一会儿。天黑了，无星无月，空中飘起了细雨。那雨几乎算不上是雨，不成条也不成点，落到肌肤上，感觉只是雾气。河面上有几朵粼光，一跳一闪的，不知是不是冤魂。这条河上，每隔一两年就有人丧命。游泳淹死的，投河自尽的，洗衣裳时被水鬼拽下去的……可是阿贵妈一点也不害怕。离家出走的时候，她是一个没有秘密的人，回来时她已经有了秘密，一个关于旅途的秘密。她不会告诉任何人，无论是她自己的父母，还是杨广全，还是婆婆。回家后即使婆婆把刀子架在她的脖子上，她也不会作任何解释。她的事，只有河知道，但河守口如瓶。

那天她离家之后，沿着河道走了很远很久。她想走到一个她的腿脚再也载不动她身子的地方，然后投进水里，了此一生。这一段的水，还是上游，这条河还要流出一段，才会汇入一条比自己大得多的河流，然后入江，入海。上游的水会载着她漂到下游的某个地方，等到别人发现她的时候，也许她早已无从辨认。

这是她的计划，可还不是天意，天意替她安排了另外的路。

那天走到中午，她累了，就走下河道，在河边找了块地坐下，掏出哑巴妯娌塞给她的那块番薯，吃了起来。她仅仅是洗一洗手，歇一歇脚，这里并不是她的目的地，这里离家还太近。她呛着冷风吃着那块已经冰凉了的番薯，胃有些反酸，就弯下身来，哇哇地呕了一地。吐完了，她撩一把水洗脸，突然日头咚的一声砸下来，把水砸出一个大坑，水在她眼前变了模样，一圈一圈地荡漾开来，漫到了天上去。她不知道自己那一刻到底是在地上还是在天上，一阵晕眩，便头重脚轻地栽进了河里，挣扎了几下，很快就不省人事。

醒来时，她躺在一张陌生的床上，一个看上去比她略微年长几岁的陌生女人，端了一碗姜汤，坐在她的床前。

"醒了就好，睡了这半天了，怪吓人的。"女人说。

阿贵妈问："这是在哪里？"女人说了个地名，那地方离五进士村大概二三十里路。

女人是在河边洗草药的时候看见她落进水里的。女人的水性不好，但幸好她的儿子在边上。女人的儿子才十一岁，拖不动她，只好用一根竹竿把她捅到岸边，那女人拽着她的衣服把她拉上了岸。

阿贵妈听着女人说话的口音有点相熟，一问，果真是她家乡那一带的人，家里世世代代从医。女人嫁到这里后，自己开了个小中药铺子，卖药，也给人看病，日子过得还算滋润。

"你有了身孕，怎么能一个人出门？"女人责怪她说。

她吃了一大惊。自从生下阿贵之后，她还怀过两胎，却都流了。一次是因为插秧时在水田里站了太久染了风寒，还有一次是在山上打猪草的时候摔了一跤。婆婆说这是城里人的娇嫩，乡下人在猪圈里都能生孩子，生完了，站起来就能把猪圈打扫干净。婆婆说的是实话，可是婆婆的每一句实话里都插着针。婆婆的实话比跳蚤的活力还强旺，这边杀了一只，那边生出一百，永远没有灭绝的时候，她躲不胜躲。后来，她就偷偷问人讨来避孕药吃着，她的月事从来不正常，所以她压根没想到她居然又怀上了。

她随口编了个出门的原因，女人心善，并没有生出别的猜想。因是乡党，女人就留她在家里将息了几日。临走时，女人送了她一块蓝底印花的头巾，还塞给她五块钱上路。她原本压根没想过还会回家的，所以身边没带一分钱。她就告诉女人半个月之内，一定会有人给她寄钱的。阿贵妈想好了，这一回，她会厚颜跟爹娘讨钱，她有过了死里逃生的经历，她问得出口。女人坚辞不收，她执意要给，两人为了一张悬在半空的汇款单，真情实意地推让了好几个来回，分手时，竟有了几分依依不舍和惺惺相惜。阿贵妈走出好远，还看见女人在路边朝她一下一下地摇手，一直摇到她看不见了为止，心中就生出了一丝愧意——她本不该对这个女人撒谎。

天渐渐就黑透了，雨雾也下成了雨珠。阿贵妈起身走进廊桥，突然，眼前一道大闪电，把廊桥照得通明透亮。这闪电有点邪乎，似乎被一枚巨大的图钉给钉住了手脚，一动不动地亮着，半天没有暗回去。接着，不远处响起了一连串的鞭炮声，鞭炮的间歇里，是一阵一阵的人声和鸡飞狗跳的喧闹声。

阿贵妈这才醒悟过来，是五进士通电了。清路架线的事，已经进行了好几个月。日子一久，人就疲软了，她已经忘了还有这样一桩事情。

她从来没有见过这个时候廊桥内里的模样——在没有电的日子里，夜晚的廊桥永远是一片黑暗。灯光之下，她猝然发现了廊桥的皱纹和寿斑。桥里的每一个角落都结着蜘蛛网，桥壁修过多次了，每一次用的都是不同的木料，补丁太多，深深浅浅的，就有了许多颜色。每一层颜色，大约都是一个朝代。她见过的事，廊桥都见过了，而廊桥见过的事，她又知道多少？难怪她一惊一乍，廊桥沉稳如山。

桥那头雨篷和桥身相连接的那个角落里，蹲着一个男人。男人的一只胳膊套在一件灰色夹克衫里，另一只胳膊露在夹克衫外边，像是仓皇之间出的门，来不及把外套穿齐整。男人在抽烟，两个肩膀夹得很紧，脖子却收得很低，头发在风中飞飞扬扬。阿贵妈认出来那人是杨广全。她不是从他的背影上认出他来的，那天杨广全的整个身姿对她来说是陌生的，从背后看过去，他几乎是个老人。她是从杨广全露在夹克衫之外的那半件衬衫上认出他来的。当年她父亲领着他走进云和的家门时，他穿的就是这件衬衫。那时就已经旧了，现在他依旧在穿，只是当年洗得稀薄的针脚如今看不见了，都压在了补丁下面。

听见脚步声，杨广全转过身来，看见她，一怔，却不是大惊。

"你在这里做什么？"她问。

"等你。"他说。

"你知道我今天回来？"她有些意外。

他摇了摇头。

"你走后，我给方圆三百里所有的公安局派出所都打过电话。他们都说没找到，你的……"

杨广全迟疑了一下，她知道那个停顿里省略了的词，是尸体。

"他们没找见你，就是好事。只要你在，你总会回来的，所以，我每天都来这里，候你。"他说。

她觉得眼睛里冒上一股潮气，但那也只是一瞬间的事。日子像一张大号砂纸，已经把那些细致的情绪磨浅磨薄了。再以后，还会彻底磨除。

他吃准了，我会回来。他和他的全家。她想。

"回家吧，哑巴留着粥，还是温和的。"他说。

她心里生出微微一点的感激，不为那碗粥，也不为他每日的等候，只为他没有追问她去了哪里。

杨广全丢了烟头，套上了那只夹克衫的袖子。阿贵妈觉得眼睛突然被割了一下，因为她看见了夹克衫袖子上别着一块黑布。

"我妈，走了。"他觉出了她的目光，低声说。

这个夜晚充满了惊讶，但这一次不是惊讶，而是震撼。她曾无数次地诅咒过婆婆，各种各样的骂法，各种各样的死法，当然都是暗地里。可是这次不是。这次她走出杨家院门的时候，压根就没想过婆婆。她觉得她一脚迈出去，婆婆就已是前生的事。

"炉子上烘蘑菇，一氧化碳中毒。"他告诉她。

其实婆婆是完全可以躲过这一劫的。村里以前也发生过这样的事，只要开了窗户就可以逃过一命。可是当时家里没人，婆婆坐不起来，够不着窗户。等众人从地里回来时，她已经走了多时。她躺在床上，脸色红红的，像抹过了胭脂花粉，眉眼带着一丝接近羞涩的笑意，看起来年轻了二十岁。

阿贵妈听丈夫说着婆婆的死，喉咙口涌上一团东西，只觉得哽得很紧。后来她听见了咕噜一声响，喉咙松动了一下，她以为自己要哭，却没想肌肉和神经各走了各的路，她竟然嘴角一扯，笑了。笑没走出多远，眼泪就下来了。

"我妈是被媒人骗过来的，十年里逃了三次。前面两次都是被我爸和大伯抓回来的，第三次她没走大路，而是走了山路，山路难追。那天刚下过雨，路滑，我妈从崖上摔下来，摔断了腰椎，被一个砍柴的人救了回来。她腿脚不能动了，一门心思想死，连续三天不吃不喝。她熬了多久，我们弟兄三个就跪了多久。她终于忍不下来，才松了口。她是为我们几个才活在世上的，所以……"

杨广全的声音开裂了，他没把后面的话说下去。他不用说，她也不用问，她知道他没说完的是什么。

这些年里，婆婆那双形同虚设的腿脚，在这世上唯一还能做的，只是踩贱那两个嫁进她家门的儿媳妇。杨广全和他的两个弟兄，看着婆婆作践她和哑巴，却都不敢吱声。做娘的是忍不下年轻时的怨屈，做儿子的是忍不下对母亲的愧疚。他们都把他们忍不下的痛楚，扔给了旁不相干的外姓媳妇。

这就是杨广全那个"所以"之后省略的话。

她差一点，就走上了和婆婆一样的路。假若那天，廊桥的石阶是单数而不是双数，她就会和婆婆一样，选择了山路。假如那天她走了山路，兴许，她会和婆婆一样，从湿滑的山石上摔下来，摔成瘫子，或者瘸子。

"她其实，不是对你……她只信儿子，她说只有儿子不会逃走。"杨广全结结巴巴地说。

"你到我们家来时，妈特意交代了每一个人，谁也不能把这事告诉你。"他说。

"她是怕我学她的样子？"她冷冷一笑。

"她是怕吓着你。"他说。

她不信，但没有反驳。

婆婆死了，她才终于知道了婆婆在成为婆婆之前的生活。和婆婆吃过的苦相比，婆婆待她，几乎已是仁慈。她吃过的苦大概根本就不能叫作苦，至多只能叫作不适，或者难受。可是婆婆的苦替代不了她的苦，婆婆的苦也不能替代婆婆的歹毒。每个人有每个人的活法，每个人有每个人的忍耐限度。对婆婆来说，那个限度是一条断了的腰椎，两条不能行走的腿。而对她来说，也许只是一只扇在脸上的鞋底，一碗该留而没有留的番薯粥。

对死了的婆婆和活着的丈夫，她本该有一些话说，比如理解，比如原谅，比如哀伤，比如抚慰。那些话都应景应时，但对在杨家熬过了八年的她来说，那都只是书本里的话，从她嘴里说出来，便是矫情。

她只有沉默。

"有电了，将来这里就能看到电视了。"杨广全说。

两人沿着廊桥的石阶走下来，一前一后地走上了回家的路。赶热闹的人群还没有散去，鞭炮依旧在断断续续此起彼伏。狗被人带疯了，东一阵西一阵，吠得声嘶力竭。五进士每一户人家的窗口，今晚都镶嵌着一盏电灯。五进士的人节省惯了，舍不得电费，灯泡的瓦数都很小，二十五，十五，甚至更低。可是再昏暗的电灯也胜过最明亮的篾条，一家一家的电灯连起来，暗夜就有了破绽。这个夜晚，电灯把五进士变成了另外一个世界。

"你等一等，我有话跟你说。"阿贵妈突然喊住了丈夫。

她跟他说话，从来都是没头没脑的。她不想学他家里人的样子喊他阿全，也不想像村里女人喊丈夫那样叫他"孩子他爸"。非得跟他说话时，她只会用一个含含糊糊的"你"字。

"我不是为你回来的。"她平静地说。

"我知道，你是舍不下阿贵。"

她摇了摇头："不是阿贵，我是为阿意回来的。"

"阿意？"他疑惑地看了她一眼。

她指了指自己的肚子，说："三个半月了。"

他的眼睛里唰地飞过一只萤火虫，脸顿时活了。

"你走了，我给云和打电话，商量怎么找你。你妈说要是再有一个孩子，说不定就能把你拴住了。这话，真就让你妈说准了。你妈还说，你要是平安回家，她答应匀给我们两百块钱，给我们三年时间，慢慢还。"

云和。拴住。两百块钱。她听是听清了，却没有人脑。她在想着别的事情。

"你听着，你要想我不走，得答应我两件事。"她说。

"第一，这孩子生下来，若是男的，他就跟着阿贵叫杨天意。若是个女娃，反正不进你家族谱，就跟我姓，叫李天意。"

阿贵的学名叫杨天贵，"天"是他那一辈男孩的排字。

杨广全犹豫了一下，点了点头。

"第二，这孩子长大了，要送到外公外婆那里读书。"

这一回杨广全没有犹豫，立刻点了头。

两人继续沿着那条泥土路，慢慢朝家走去。鞭炮声越来越响，远处听到的一团一团喧哗声，到了近处就分化成了不同的声音，她开始分辨出男人和女人、大人和孩子。

她从生活里溜开了几日，现在她又回来了，她得重新应对生活。冥冥之中，老天替她挑了一个好日子回来，因为村里出了一件比她的出走大得多的事情，他们一时顾不上别的。潮水一样的好奇心明天会朝她凶猛地冲来，但那是一夜以后的事了。此刻和明天早上之间，还隔着一晚天昏地暗的睡眠。明天醒来，会有明天的力气，她会用它来对付明天的好奇。

"牛找回来了，地都耕完了。"杨广全告诉她。

"等大哥的两个女娃嫁了，日子就会松快一些，再熬几年。"他说。这话像是对她说的，又像是自言自语。

她没回话。杨广全不懂算术，他永远只算出的，不算进的。就算他妈走了，他的两个侄女嫁了，家里少了三口人，可是他自己还会添一个孩子，他的弟弟要娶妻生子，他的儿子阿贵会很快长大，需要聘礼说媳妇。这个家，永远不会有松快的日子。

只是，就算是再苦的日子，现在她的头上再也没有山压着，她终于可以按着自己的意思，一天一天慢慢地熬了。

阿贵妈摸了摸自己的肚皮。这个孩子真是个福星。这个孩子结束了五进士没有电灯的时代，她，或者是他，落下地来，就再也不会知道篾条松灯煤油灯为何物了。这个孩子在娘的肚皮里落了胎，就把娘变成了一个虽然还没熬成婆，但却再也不是儿媳妇的女人了。

这个孩子，救了她一命。

"天意哦，我的天意。"她喃喃地说。

十一

阿贵妈喊来阿珠，两人把屋里的衣橱抬到院子里，打开柜门和抽屉透风。屋子已经腾出来了，阿贵妈和阿贵爸昨晚就已经搬到了楼上大伯子原先住过的那间屋，好让自己的房间空着消消气味。

"晒一晒，省得阿意放衣服有霉味。"阿贵妈说。

阿珠点了点头："阿意姐爱干净。"

那是阿意留给她的印象。两年前，阿意跟实验室主任一起到北京开会，匆匆绕道来了一趟家里探亲，只待了三天就走了。阿贵妈没张扬——阿意的意思是别惊扰村里的人。那是阿珠第一次见到阿意，她没和阿意说上几句话，却记住了阿意每天都洗澡洗头，衣服一天一换的习惯。

"这个衣橱是生阿意那年，她阿爸自己打的，阿意有多大，它就有多久了。"阿贵妈告诉阿珠。

衣橱是老式的，做工很细，门上描着花。左边一屏是富贵牡丹，右边一屏是吉祥玉兰，颜色已经旧了，线条也有点模糊。

阿珠用手摸着牡丹上的花蕊，嘴里喃喃地说："漂亮，阿爸真行。"

阿珠掌握的汉语名词，远比形容词多。阿珠使用名词的时候，基本收放自如，可是遇到需要形容词的时候，她就有点捉襟见肘。阿珠对世上所有的好东西，都会用漂亮来称赞。苹果漂亮。菠萝漂亮。云漂亮。衣裳漂亮。鹅漂亮。天气漂亮。阿珠见着什么都惊奇，好像每次都是第一次。

阿贵妈哼了一声："阿贵他爸只是个手艺人，他哪会这种描花绣朵的事？这是他从县城买来的现成贴面。"

小树正在院子里骑木马，一圈一圈的，嘴里发出突突突突的吼叫——那是在学他阿爸的摩托车声。小河坐在圈椅里沉沉地睡着了，嘴角挂着一线口水，腿脚不时地踢蹬一下，仿佛在做着一个关于行走的梦。

"你轻点，小祖宗，吵醒你妹子，你妈就做不得事了。"阿贵妈瞪着眼睛警告小树。

"奶奶，我姑回来，会给我买法国玩具吗？"小树把木马停到了阿贵妈跟前。

"你姑是第一次回门，你只能问她讨喜糖吃，不许讨别的，记住没？"阿贵妈说。

"我不要糖，我要巧克力。"

小树扔下木马，跑出了院门。

"这孩子大了，不能成天在这里瞎混，得送到城里读书。太奶奶老了，姨奶奶家还能住。"

阿贵妈这话不是对阿珠说的，她只是在自言自语。她用不着问阿珠的意思，拿主意的不是阿珠，阿珠的点头和摇头都算不得数。

"你把米洗了，泡下。我到茂盛家跟他们敲定明天帮厨的事。"她交代阿珠。

阿贵妈说的米，是打黄粿用的粳米，要先洗了泡过，蒸起来才蓬松。

阿珠说不上懒，只是眼里没活儿。阿珠看见太阳，绝不会想到被褥上的霉斑，阿珠也从来不会从院子里的落叶中，联想到簸箕和扫帚的用途。想要阿珠干活儿，只能直截了当地指派。阿珠有一样别人没有的好处，那就是顺从。

阿贵妈办完事回到家里，发现阿珠还坐在凳子上洗米。米泡在一个大木桶里，汪着满满的水。阿珠从木桶里抓起一把米，让水从手指缝里漏下来，淅淅沥沥地漏光了，放下，再抓一把。那样子不像是洗米，倒更像是在数米粒。

阿珠没想到阿贵妈会这么快回来，猝不及防，想别过脸去，可是阿贵妈早已看见了她面颊上的泪痕。

"你和阿贵，到底闹的是哪门子鬼？"阿贵妈问。

阿珠没回话，但阿贵妈知道她有话。阿珠的话在肚腹里叽叽咕咕地行着路，跳过了嘴巴，直接跑到了太阳穴。阿贵妈看见阿珠的额角上，有一根筋在微微颤动。眼见着阿珠挂在嘴上的那把锁随时就要掉落，阿贵妈突然有些害怕起来。她很想知道那锁后边拴着的到底是什么玩意儿，但又怕锁一松，会蹿出个什么妖魔。这几天她总觉得有点心神不宁。过了几年太平日子，人咋就变得这样战战兢兢，胆小怕事？她忍不住嘲笑自己。

可是阿珠的锁并没有掉落。阿珠没说话，只是继续俯下身去洗米。这一回，就有了劲道和速度，米粒在她的搓揉之下发出窸窸窣窣的呻吟。

这时阿贵妈口袋里的手机响了，是阿意。

"妈，我明天到不了了，最早也得后天早上。市里的领导专程赶过来，要请我和加斯顿吃饭。"

加斯顿是阿意的男人，是索邦大学历史系的教授。

阿贵妈想说酒席的时间都定下了，客人都通知了，帮厨的人把时间都留妥了。阿贵妈还想说驴肉再放下去就不新鲜了，你阿爸都提前把地耕了，你阿哥只准了三天的假，你不回来他还得延期。但到最后，她只说了句："那是好事啊，给咱家长脸了。"

阿意顿了一顿，又说："妈，有一件事，我要和你商量。我们这回，还带来了一个人……"

阿贵妈心里咯噔了一下，她已经猜出来这句话后边跟着的，不是一件好事。跟这件事相比，酒席的延期只是一个可以忽略的细节。每逢阿意说话态度强硬用词决绝的时候，其实正是她外强中干心中没谱的时候。而一旦阿意语气委婉神情迟疑时，反而表明她心意已定刀枪不入了。从小到大，阿意向来如此，"商量"只是一件坏事的锦绣包装，知女莫如母。

阿贵妈避开阿珠进了屋里，和阿意说了一会儿话。挂了电话出来，脸色阴沉得像是一块没晒干的抹布。她呆呆地望着屋檐下的那个空鸟巢，心乱如麻。燕子认得旧路，往年这个时候，早已回来了，今年却渺无踪迹。燕子不来，不是个好兆头。早上起床时新纸一样平展的心情，这会儿已经满是皱褶。

阿珠只顾想自己的心事，没留意婆婆脸上的神情，她抬头叫了一声妈，却欲言又止。

"有话就说，见不得你这个磨叽样子。"阿贵妈不耐烦地说。

阿珠撩起袖子，让阿贵妈看她的光膀子。

阿贵妈乍一看，只觉得阿珠的膀子有点脏，东一块西一块地粘着泥巴。再一看，她才看清楚那是几个大小相似的圆点子，像是早年种牛痘留下的疤痕，只是颜色有点深。

"香烟，烫的。"阿珠说。

阿贵妈捂住胸口，喊了一声皇天。她突然醒悟过来，为什么阿珠这些年大热天都穿着长袖衣裳。这样的事，就发生在她的眼皮底下，她竟然一无所知。阿珠该有多能忍呢？她从没听见阿珠叫唤过一声。一股热气噌地涌了上来，顶在胸口。她想说阿贵你是个人吗，等到话出口的时候，她听见的却是："你，你怎么没逃走？"

阿珠怔了一怔，过了一阵才听懂婆婆的意思，就连连摇头："不是，哦，不是阿贵干的。是他知道了，我先前的事。"

阿珠嘴上的那把锁，眈当一声掉了下来，后边果真锁着个妖魔。阿贵妈的直觉没错，不是她胆小怕事，是这个家本该有事。

阿珠的嘴巴，在失去了锁的把守之后，一时不知所措，语无伦次。阿珠的中文只够说一件简单的事，却不够解释一个复杂的过程。经过几轮追问澄清之后，阿贵妈终于在那个乱线团里，找出了一根线头。

事情是手机引起的。阿珠把电话打爆了，阿贵就收走了阿珠的手机，把卡销了。有一天在工地宿舍里整理东西，他偶然翻到了这只废弃的手机。密码本来就是他自己设的，出于好奇，他插上电，随意打开手机翻了翻，没想到就看见了一段视频。视频里是一个中年女人和一个六七岁模样的男孩，在对着镜头说话。男孩脸生，女人却是阿贵认得的——那是阿珠的妈。两人说的都是越南话，阿贵一句也听不懂，但他猜到了是男孩在哭着喊妈。

阿贵起了疑心，就回家来问阿珠。阿珠经不得逼问，只好说了实话。

阿珠十六岁还在上高中的时候，认识了一个在校门口摆摊的越南男人，就跟着那人走了。那个男人爱喝酒，喝了酒就下死劲地打她。后来她终于忍不下去，只好逃回了娘家。她妈看着情景不对，就托了表姐牵线，把她嫁到了中国。

这事阿贵是知道的，那是阿贵发现阿珠身上的伤痕之后，阿珠告诉他的。阿贵当时听了一惊，阿珠就解释说她以为表姐把什么都讲清楚了。阿贵觉得媒人不说实话也是常情，虽有几分不爽，但阿珠一再说明已与那个男人再无瓜葛，阿贵也就把这事放下了，没告诉家里任何人。

阿贵只是没想到阿珠还有隐情——阿珠和那个男人有过一个孩子。她嫁到中国之后，那个男人到娘家去找她，把孩子扔给了她妈。

阿贵这次真动了气。他气的不仅是那个孩子，还因为他不知道阿珠还对他瞒下了多少事，她对他到底有几分真情与真心。

阿贵妈听阿珠讲了前前后后的事，只觉得脑子哗啦一声，碎了一地。无数个想法尘土一样地在眼前飞过来扬过去，竟没有一个能捏成团。今天本来是个晴朗的好日子，可是阿意进来搅和了一下，阿珠进来再搅和了一下，这天，就突然变馊了。

报应啊，报应。阿贵妈的牙缝里挤出一丝飕飕的凉气。

杨家的媳妇都是骗来的，阿贵妈，婆婆，还有婆婆的婆婆。到了阿贵这一代，男人却落在了女人挖下的坑里。

可是，阿贵就没骗过阿珠吗？阿贵去越南领人的时候，是许了阿珠一份好日子的。阿珠来到五进士，过上好日子了吗？院子头顶的那一片天，几个苹果菠萝杧果，半个月才见一次面的男人，还有不知哪年哪月才能重逢的父母。这就是阿贵许给阿珠的好日子吗？

阿贵的越南之行，是一家人仔细商议过的。阿贵的脑子有很多盲点，需要别人来一一拨明。阿意那时还在法国读博士，靠着奖学金紧巴巴地过日子，她指望不上家里，家里也指望不上她。家里唯一能指望的，就是那几个总也赶不上聘礼涨幅的存款。那几个钱就是长了最强壮的腿，也只够走一趟越南。而且，只能是一趟。

"你告诉她：不用下地干活，每年出门旅行，一年回一次越南探亲，将来接父母到中国玩。"

这是他们三个人坐在饭桌前定下的话，阿贵妈要阿贵一条一条记下了，别到时候说一句落一句。

　　"这些话，每一句都能替你省钱。"阿贵妈说，"兜里的钱看紧了，不能一次掏出来。掏出去的钱就是泼在地上的水，再想收回就难了。要见机行事，慢慢拿，能少拿一分是一分。"

　　临行前，阿贵妈殷殷嘱咐儿子。三十五岁的阿贵是个完完全全的大人，也是个完完全全的孩子，因为他还没见识过女人。

　　要是阿贵骗了阿珠，那也不是阿贵一个人的事，阿贵的骗局里到处都是她的指纹。就像当年她被骗到五进士，每一个细节都是杨广全一家人的合谋。只是这一回，那个做儿媳的可不像她当年天真老实。阿珠或许早就有了提防，所以赶在他们骗她之前，先骗了他们。

　　到底是谁骗了谁？谁又能长长久久地骗得过谁？人听久了骗人的话，习惯了，是不是就把那假话当成了真日子来过？

　　阿贵妈想不明白这里头的道理。她闭着眼睛靠在身后的房柱上，头痛欲裂。

　　她听见了窸窸窣窣的响动，觉出眼皮上的重量，是阿珠走过来，站到了她跟前。

"我妈说我有过孩子，所以，才收了五千块钱。我表姐阿秀，是三万。你可以问她。"阿珠怯怯地说。

便宜没好货。阿贵妈一下子想起了杨广全最爱说的两句话。

还有一句是：天底下的好事要都叫你一家子占了，别人怎么活？

"下回别叫我看见她。"阿贵妈咬牙切齿地说。

阿贵妈眼皮上的重量还在，阿珠依旧站在她跟前。

"你要走，就走吧，谁能拦得住一个铁了心想走的人？只是，等小河断了奶。"阿贵妈睁开眼睛，疲惫地挥了挥手，叫阿珠走开。

"妈，我想……"

阿珠的嘴唇嚅动着，还想说话，却被阿贵妈一下子堵了回去："让你妈再给你找个男人，满天下生孩子去。只是，下回把手机藏严了。"

十二

阿贵父子两个犁完田往家里走，老远就听见自家院子里传出杀猪似的号叫。是小河的声音。进得门来，只见阿珠抱着小河，左哄也不是，右哄也不是，急得满头是汗。

原来是圈椅扶手上停了一只蜜蜂，小河拿手去抓，被蜇了一下。

阿贵看见小河的手心肿起了一个粉红色的包，便黑了脸，粗声粗气地说："整天都干啥了？连个娃都看不好。"

阿贵摊开小河的手，吐上一口唾沫，轻轻地吹了几口气。小河的身子扭来扭去，咿咿呀呀了几声，渐渐安静了下来。

"你妈呢?"杨广全问。

"楼上。"阿珠说。阿珠眼睛红肿着，声音有些嘶哑。

阿贵妈从楼上走下来，额上包着一条湿毛巾，隔老远就闻着了刺鼻的风油精气味。

"你这是咋啦?"杨广全问。

阿贵妈取下塞在耳朵里的两团棉花，瓮声瓮气地说："头疼。"

杨广全见小河闹成这样，阿贵妈都没下楼来，看来不是寻常的头疼，就问要不要去卫生所量个血压。阿贵妈说一时半刻死不了。杨广全说今儿怎么没人管送饭了，我和阿贵饿得想吃人呢。阿贵妈冷冷一笑，说你们杨家的事，我管不了了，能人多着呢。

杨广全只觉得阿贵妈今天脸色不对，哪句话出口都像炮仗，便猜想是和儿媳妇怄气了，也不敢多问，只催着阿贵赶紧把脚洗了。

阿贵妈说你儿子能耐着呢，你还以为人家是孩子，什么事都需要你罩着。

杨广全听了这话，又觉得老婆是在和儿子置气，就问阿贵你咋惹你妈了。

阿贵心下明白了，却不回话，只是舀了一瓢水，哗哗地冲脚。冲完了，低头坐在凳子上，挤着脚上的伤口。阿贵今天忘了穿长筒胶鞋，又懒得回家取，就赤脚下了田，被蚂蟥咬了几口。当时没觉得厉害，回家一看，两条腿上足足有十好几个伤口。

"你得挤干净了。茂盛家的老二上回没弄干净，发了炎，说是什么坏死的，住了好几天医院。"杨广全嘱咐阿贵。

阿贵妈哼了一声，说："当年我背着他下田插秧，你怎么没跟我说过这话啊？"

阿贵爸就嘿嘿笑，说："没见过你这个婆娘，跟自己儿子吃醋。那时候的蚂蟥哪有现在的毒性？"

阿珠把小河放回到圈椅里，走到阿贵跟前，两个膝盖一软，跪下来，头埋在了阿贵腿上。众人吓了一跳，过了一会儿才明白过来，原来她是要给阿贵吸伤口里的污血。

阿贵的身体往后缩了一缩，僵成了一坨铁，可是阿珠的嘴唇没有放过。阿珠的嘴唇像超大功率的吸盘，吸得阿贵一身的汗毛都炸成了针。阿珠瘪着腮帮子，吮一大口，呸地吐出来；再吮，再吐；地上便都是一摊一摊带着血丝的唾沫。渐渐地，阿贵身上的汗毛草似的平伏了下来，只觉得阿珠一口一口吸出去的，不是血，而是他身上的力气。阿珠的嘴唇和舌头剔走了他身上的每一根筋每一块骨头，最后只剩下一泡水一堆烂肉。他看着阿珠裸露的颈子上那一层水蜜桃似的绒毛，全身瘫软，嘴角扯了一扯。

"去灶房泡碗盐水，漱一漱口。"他起身推开了阿珠。

阿珠从灶房回来，手里端了两大碗米饭，上面浇着厚厚一层笋干炒木耳。本来是有鸡丁的，阿贵妈把鸡留给了第二天的宴席。

父子俩端起碗，谁也不看谁，就呼噜呼噜地开吃起来，把筷子当成了勺使。一口气的空当里，碗已经见了底。

"没人跟你们抢，这副吃相。"阿贵妈摇了摇头，起身给他们俩各添了一碗。这一回，两人就慢了下来，尝出了点儿菜的滋味。

"贵他妈，谁惹了你的？给我说说。"

杨广全放下饭碗，点上了一根烟抽着，打了个哈欠，嘴大眼小起来。

阿贵妈斜了阿贵一眼："你待会儿自己问他。"

阿贵也点了一根烟，蹲在地上腾云驾雾，沉默不语。

"他妈，你人不舒坦，歇着吧。明天阿意来，够你忙的。"杨广全指了指楼上，对阿贵妈说。

"你计划一年，也顶不上人家说变就变。"阿贵妈就把阿意后天才到的事，告诉了杨广全，"待会儿你去一家一家通知吧，我懒得去。"

杨广全抽完了一根烟，站起来，在院子里兜来兜去，揉着饱胀的肚皮。

"阿意后天到，也好。阿贵，明天你跟我去趟下边，买点海货。家里请客，肉够了，缺鱼。"

杨广全说的"下边"，是指廊桥那头的福建地界。

阿贵犹豫了一下，瞟了阿珠一眼："明天那边有集市，要不全家都去逛逛？"

阿贵妈起身朝楼上走去。

"你们去吧，我头疼，歇着。"她说。

十三

最初的寒暄有几分尴尬。

阿贵家的场地不大，却挤了满满一院子的人——他们一路把客人迎进村后，就待在阿贵家里不肯走了。杨广全两口子和阿意夫妇坐在堂屋里，四下一圈一圈地围着看热闹的人。圈子逼得很紧，都闻得见嘴里喷出来的蒜味和烟味。阿贵妈只觉得这会儿的场景，有几分像多年前在娘家见过的街道批斗会。空气不够，脑瓜仁子憋得一蹦一蹦地跳，仿佛里头有一面鼓在敲。

除了在电视上，五进士的人从来没有面对面地见过真正的洋人。大伙儿都知道那个戴眼镜的高个子男人是阿意的洋夫婿，有背时些的，就不太清楚那个黄头发蓝眼睛的小女孩是谁。有人说那眼睛不是蓝，是绿，也有人说在太阳底下是蓝，到了阴暗处就变成了绿，像猫。有消息灵通些的，就趴在背时之人的耳朵上说：那女孩是阿意的夫婿拖过来的油瓶，千真万确，是阿贵妈亲口告诉茂盛媳妇的。那背时之人就感叹，说这么老相的男人，还拖个这么小的油瓶。村里人只知道女人带了孩子再嫁叫拖油瓶，如今拿了这话来说男人，就觉得滑稽，有一两个婆娘忍不住哧哧地笑出了声。

有个婆娘叹了一口气，说可惜了，一个黄花大闺女。就有人反驳，说人家是法国大学的校长，要是在中国，这个级别该算是省长了吧，阿意嫁他，不吃亏。又有人说阿意是法兰西最大的实验室里最有名的科学家，名声赶得上屠呦呦，分分钟要得诺贝尔奖，是人家占了阿意的便宜。

关于阿意和加斯顿身份地位的传说，最早落到五进士的第一只耳朵里时，还只是一块鹅卵石。从第一根舌头传出去，落到第二只耳朵时，就已经是一块岩石了。等在五进士村里转了个圈，再传回到阿贵家院子里时，已经是一座山峰。

这些话虽然是低声说的，阿贵妈却也免不了猜着了个大致的意思，只觉得脸上有点挂不住，就摆了个笑脸，挥挥手，叫众人都先回去，好让阿意两口子歇息一会儿，吃饭的时候再聚。

阿意在外头这十几年里，也交过几个男朋友，却没有一个到了可以领回家来的地步。阿意一天没着落，阿贵妈就一天心神不定。突然有一天，阿意发了张照片回家，说在巴黎认识了一个人，要结婚。阿贵妈一看照片，是个洋人，看起来比阿意岁数大些，样子还算周正。阿意找的不是中国人，阿贵妈心里就有些别扭，但想到阿意三十好几了，已经过了挑三拣四的年纪，只好点头认了。结婚是阿意自己的说法，实际上不过是到市政厅登个记拍了张照片，就算完事了。

后来阿意和母亲通电话，才说起加斯顿先前结过婚，有个五岁的女儿，现在和他们一起住——那都是结婚好几个月之后的事了。阿贵妈心里一惊，问："他是不是先前骗了你?"阿意就笑,说:"妈,这不是在五进士,我哪有这么好骗,发给你的那张结婚照上,给我拿着花的,就是他女儿。"

阿贵妈一时气结。她见不得阿意在还没成为自己孩子的娘之前,就先做了别人的后妈。她更不痛快阿意在如此重要的事上,竟然瞒过了自己的亲娘。阿贵妈为这事憋屈了很久,免不得要在杨广全身上撒一撒气,说:"真不愧是你的亲骨血,都不用学,天生知道怎么把生米先煮成饭。"杨广全说:"好事要都落在阿意身上了,你让别人怎么活?她要是先告诉你了,你能同意吗?你同不同意,这个婚她都是要结的。她要不是这么能拿主意,她能走到今天这一步?"

阿贵妈冷静下来,想想杨广全这话还是有点道理,才把心头的一块疙瘩渐渐平顺了下去。杨广全老了,没了从前的那股子张狂劲儿,可现在说出来的话,倒比年少时中听。

半个月前阿意打电话来,说要回国开会,顺便带加斯顿回家探亲。阿贵妈想着女儿结婚的时候,娘家没有替她张罗过,就早早地传出话来,要宴请全村。

谁知事到临头,阿意又从上海来了个电话,说加斯顿的女儿也跟着他们一起回国了,后天一起回五进士。

阿贵妈没有丝毫心理准备，只觉得当头挨了一记闷棍，好不容易已经平伏下去的一口气，又噌地一下被挑了起来，就拉下脸，说："你头一次回门，带着她来算什么。"阿意说："加斯顿说了，孩子得看看世界上别的地方的人是怎么生活的。加斯顿还说了，孩子需要了解跟她父亲在一起的那个人的生活经历。"

加斯顿。加斯顿。加斯顿。

阿贵妈发现阿意现在说话不仅是口音而且连腔调都变了，阿意把加斯顿的话当成了经书。她一下子没管住自己，忍不住对女儿说："好好的一块白布上有了个疵点，你非得缝在前襟上招摇过市吗？"

其实白布的比喻是她临时改的口，她当时真正想说的是一盆白米饭上面有了一粒老鼠屎，话到嘴边的时候，她又吞了回去。阿意不是阿贵，更不是阿珠，她就是再糊涂，也知道对他们三人说话，各该有各的尺度。

听了那个关于白布的比喻，阿意在电话那头愣了一愣，半天才说："妈，你要不同意孩子过来，那我也不回来了，省得丢你的脸。"

这一句话，把阿贵妈堵得没有了退路。宴客的消息早已敲锣打鼓地在五进士张扬出去了，这几天连村里的狗都不肯好好寻食，在等着啃酒宴上剩下来的肉骨头。女儿带着别人的油瓶回来，是丢脸；女儿压根不回来，更是丢脸。阿贵妈把两桩丢脸的事放在天平上称过了，最后只好认领了稍轻的那桩。

从小让她最信得过的女儿，原来也和儿子一样，没让她省心。瞒天过海，暗度陈仓，先斩后奏，声东击西，调虎离山，偷梁换柱……她的一儿一女都无师自通地学会了三十六计，知道那背后的一刀捅起来最过瘾，最叫爹娘猝不及防，手忙脚乱。

看热闹的人终于散了，阿贵和阿珠领着几个留下来帮厨的男女劳力，进了灶房忙活，院子里这才安静了下来。

加斯顿站起来，走到杨广全夫妻跟前，深深地鞠了一躬。那腰弯下去，遮暗了一小片地，阿贵妈才真正觉出了女婿的个头威猛。

"爸爸妈妈，很高兴见到你们。"加斯顿说。

加斯顿的话听起来很怪，杨广全夫妇怔了片刻，才明白过来那是洋腔洋调的中文。小树在旁边听了，就哈哈地笑："奶奶，奶奶，他说'剪刀'你们。"

见加斯顿弯腰站着，纹丝不动毕恭毕敬的样子，杨广全慌慌张张地去扶，连声说："不敢当不敢当，阿意你赶紧叫他别这样。"

阿意说："阿爸，你随他去，他在日本教过几年书，学会了日本人的样式。"

小树听了，就举起拳头，说："日本日本，打倒日本。"

阿意揪住小树的耳朵，说："你这个小不点，上回见你才会走路，一眨眼就长成小泼皮了。"

小树的身子扭来扭去地躲着阿意的手，嘴里嘟嘟囔囔地说："新娘子，巧克力。"

阿意松开小树，说："我早不是新娘子了，不过巧克力倒真有，等姑开了箱子找出来给你，吃得你满嘴黑牙。"

阿贵妈打了一下小树的屁股，说："大人说话，你别在这儿淘气，出去玩去。"

小树哭丧着脸，正要出门，加斯顿的女儿艾玛突然扯了扯阿意的袖子，轻声用法语问："露意莎，他可以带我出去玩吗？"

露意莎是阿意的法国名字。

阿意就拦住小树，问："你能带这个法国小姐姐出去玩吗，不走远？"

小树看了一眼艾玛，神情突然就扭捏起来，把那副泼皮模样全丢了。半天，才轻轻点了点头。

阿意交代艾玛："路上遇到人，见面就说'你好'。记住，是'你好'，不是'再见'。听不懂也没关系，微笑可以带你走一万里路。"

艾玛说："爹地说过，到了中国，话听不懂的时候，头两回点头，第三回就摇头，三回里头总有一回能蒙对。"

阿意和加斯顿忍不住哈哈大笑起来。

阿意拉着小树说："不能让小姐姐吃生的东西，你行她不行，她的胃不适应。"

话没说完，小树已经拉着艾玛的手跑出了门。

杨广全看了一眼加斯顿，对阿意说："你告诉他，在五进士，牛丢了都会有人送回来，人更丢不了，叫他一百个放心。"

阿贵妈把阿意拉到一边，轻声说："她咋能叫你名字呢？不叫妈，也至少叫声姨吧？她爸不会教她礼数？"

阿意就笑："她有妈，凭什么叫我妈？在国外，都兴叫名字。"

"在国外，我管不着。在咱这儿，就得守咱们的规矩。"阿贵妈的脸紧了起来。

加斯顿疑惑地看着阿意，急切地想加入谈话。这几个月里，他从旅游书和网上吭哧瘪肚地学了些中文——阿意没耐心教他，说他的理解能力一流，模仿能力却是零。他学来的那几句中文，在跨进五进士的头一刻钟里就使完了。离开了阿意这根拐杖，他觉得寸步难行。可是这会儿阿意没心思当拐杖，阿意自己有路要走。

"你去屋里，先把行李收拾出来，一会儿艾玛回来好洗澡。"阿意对加斯顿说。

阿贵妈听不懂法语，但却看得出来女儿跟女婿说话的时候很有底气，不像是要依女婿脸色行事的样子。两年没见，阿意胖了一些，面颊满了，笑起来有了浅浅的双下巴，坐在凳子上不动的时候，衣服在肚腹之间显出几个隐隐的褶子。阿贵妈想起那年她送阿意上大学，从廊桥的这头走到那头，女儿告诉她人不能两次踏进同一条河流的话。那时候，阿意还是个干瘪精瘦没见过世面的女孩。十几年了，阿意从廊桥走出去，一走就走得那么远，一没留神，她竟然就错过了阿意从女孩到女人的整个过程。

"妈，艾玛是个好孩子。"阿意对母亲说。

阿贵妈发现阿意头发上有一张红纸片，那是鞭炮留下的碎屑。她想伸手把那纸片拿下来，女儿微微地躲闪了一下，她讪讪地缩回了手。她和女儿，已经生疏了。日子过得太快太糙，日子只教会她兵来将挡水来土掩，日子却没有教会她温软亲昵。

"再好也是别人的，你该有一个自己的。"阿贵妈打量了一下女儿的腰身。

阿意挪了挪身子坐正了，收紧了肚腹。

"哪有时间？"阿意说。

"你只要辛苦九个月，生下来，我和你妈给你带。"一直还没机会说话的杨广全，突然插了进来。

阿意低头瞅着自己的鞋尖，直到脚指头觉出了热。

"孩子，要跟父母，在一起。"阿意说。

阿意像拟电文一样吝啬地挑选着她的用词。她信任名词，容忍动词，却怀疑形容词和副词。她在自己的日常用语中小心翼翼地剔除着这两种词，因为它们不仅变幻无常缺乏逻辑，而且极不可靠，随时会把谈话引入万劫不复的歧途。

三人都沉默了，他们同时想起了阿意在云和度过的那些日子。阿贵妈从来没问过阿意这些年在外头最想的是亲妈还是外婆。阿贵妈不敢问，她不想听假话，但她更害怕听真话。

"嫂子现在都习惯了吧？"阿意换了话题。

阿意的问话，谁都听得懂，但别人听懂的，只是表皮的意思。底里的意思，只有他们三人知道。在那层意思里，所有其他的人都是外人，包括阿贵。

从娶进阿珠那天起，阿贵妈就惴惴不安。这一带娶过来的越南媳妇，有人逃走过。邻村的一户人家娶了两回，逃了两回。阿珠没生孩子的时候，阿贵妈担惊受怕。阿珠生下了孩子，阿贵妈还是担惊受怕。前头怕的是白扔了聘礼，后头害怕的，就不只是聘礼了，还有没娘的孩子。

阿贵妈张了张嘴，正想说什么，杨广全轻轻咳嗽了一声，她就住了嘴。半天，她才叹了一口气，说："还过得去吧。"

阿意觉得父母的相貌，在这一刻里突然就变了。父母的老，大约和天下所有人的老一样，都是一个渐变的过程，只是她错过了量变的那条线，一下子看到了质变的那个点，就在父亲的那声咳嗽和母亲的那声叹息里。当杨家的院子里站满了人的时候，父母的额头是鼓的，眼里有光，脊背上戳着一根硬直的骨头。可是人一散，绑着父母筋骨的那根绳子就断了，父母突然就瘫软了下去。阿意不知道她到底更想看见父母吃力地绷着，还是放心地懈着，这两样都叫她不知所措。

"爸，妈，我和加斯顿商量好了，今年申请你们到法国，探亲。"阿意说。

阿意的确和加斯顿谈过这事了，但他们说的是明年，而不是今年。

"等你有了长期工作，再说这事吧。"阿贵妈说。

阿贵妈知道阿意这几年都还在做博士后，收入比读博士的时候多一些，却也多不到哪里去。

"加斯顿答应借我钱了。"阿意说。

阿贵妈吃了一大惊："他不养你？"

"我有收入，为什么要他养？"

"男人不养女人，你嫁给他做什么？"阿贵妈的声音裂开了一条缝。

阿意没回话。要想把她和加斯顿的婚姻模式转化成五进士的语言来解释，需要三个博士学位十门哲学伦理历史课程，再加上一千公里的耐心。她走了太远的路，她有些筋疲力尽。

"妈，我和加斯顿是真心的，我不图他，他也不图我，不像哥哥和嫂子，还有……"

阿意猝然收住了话尾，但是阿贵妈立刻明白了阿意咬住的那半截话是什么。

那是"你和我阿爸"。

假如说阿意前头的话是石头，虽然不顺耳，至多也只是堵心，那半截话就是刀子，在阿贵妈心尖上捅出了一个窟窿。她想说我和你爸当初也是真心的，只是真心抗得过日子吗？日子一磨，什么真心都得漏底。你和加斯顿是不是真心，等过十年再说，到那个时候，再闻闻你今天的话是不是馊了。

人不能两次踏进同一条河流。

阿贵妈再次想起了那年阿意在廊桥上和她说过的那句

话。是的，阿意回来了，可是桥已经不是同一座桥，河已经不是同一条河，阿意也已经不是同一个人了。

兴许，她自己也不是了。

那一刻，阿贵妈坐在女儿旁边，心给劈成了两半，一半是女人，一半是母亲。作为女人的那一半，很想把心里的这几句话啪地扔给阿意，扔她个满脸开花；作为母亲的另一半，却希望这些话一辈子都用不到女儿身上，到老，到死。

最终是母亲的那一半赢了。母亲的一半永远是赢家。

阿贵妈什么也没说，说话的是杨广全。

"我和你妈，出不出国都不要紧。你若真有闲钱，帮一帮你阿哥。"

十四

Un, deux, trois, quatre, cinq…

五岁的艾玛站在五进士村那条土路上，数着铺在路上的饭桌。她能数二十以内的数，但不能被打断，一打断，就得从头开始。

其实，她会的数字比这个多得多，她可以一路不打一个磕巴地从一数到一百，但二十一和一百之间的数字，对她只具备抽象意义，和具体物件没有联系。

数过几次之后，艾玛终于数明白了，是十九张桌子，正好落在她懂的那个数字范围内。

小树也在数。小树的数法不是艾玛的数法，确切地说，小树其实不是在数数，而是在背数，他能从一背到十。五进士的孩子都没进过幼儿园，小树的数字是阿珠随意教的。但是数字对小树来说只是小和尚嘴里的经书，能顺着背，但什么也不懂。小树如此这般背了几遍，就腻烦了，猫下身子钻进桌子底下，这头进，那头出，再那头进，这头出。

十九张桌子，大部分是圆桌，也有几张方桌，还有一张长桌。凳子有长条的，有方的，有圆的，高矮不齐。艾玛想问爸爸或者露意莎，为什么桌子和凳子会是这样五花八门的呢？可是爸爸和露意莎这一刻都不在身边，没人理她。她只好去问小树。

小树听不懂她的话，却猜出了她的意思。小树伸出一个指头，大大地画了一个圈，把路两侧所有的房子都圈了进去，说："大家的。"

艾玛听不懂小树的话，但她也猜出了他的意思。

他俩就这样各说各话，在瞎蒙乱猜的路上跌跌撞撞地走了一会儿，突然间，老天爷伸出一根手指点拨了一下，他们的脑子就通了。她不再说她的话，他也不再说他的，他们创造了一种没有音标语法时态，除了他俩之外谁也不

102

懂的语言。等到加斯顿和阿意再次见到他们的时候，他们已经毫无阻隔地玩在了一起。

加斯顿惊叹不已，拍了一段视频，说要带回去给语言系的教授作研究，看这是个什么现象。阿意说这有什么大惊小怪的，只要沟通的欲望足够急切，就能创造语言，世上所有的交流障碍，其实只是懒惰的借口，因为人还没被逼到绝路，没有奇迹的原因是没有欲求。

加斯顿看了阿意一眼，微微一笑："露意莎，我总觉得你更应该是哲学家而不是科学家。"

艾玛在五进士的这半天里，经历了好几次惊讶，或者说，惊吓。

早上当他们刚刚拐进村口，她就听见了一阵密集的枪声。没错，当时艾玛就是这么认为的。她一下子扑在加斯顿的腿上，两手捂住了耳朵。后来露意莎告诉她，这不是枪声，是鞭炮声。艾玛知道焰火，她看过埃菲尔铁塔和诺曼底海滩上的国庆烟花表演，但她从没见过鞭炮。她甚至没听说过这个单词：les pétards。

"为什么要有这么可怕的声音呢？"艾玛问。

"世界上表达喜庆的方式很多。在中国，鞭炮就是一种。"露意莎说。

艾玛说："知道了，就像香榭丽舍大游行时仪仗队手里的枪，但是他们的枪不发出声音。"

"可是今天是什么喜庆日子呢?"艾玛正想问，还没开口，就听见鞭炮的声响里又夹杂进了别的声响。那声响听起来也很热闹，但却不那么尖脆，不像锥子扎着耳朵。那是锣鼓。敲锣鼓的人站在路的两边，路正中有两个壮汉扯着一面巨大的红色横幅，上面密密麻麻地写着许多中国字。

艾玛觉得那些字像是剪刀剪出来的，每个笔画都边缘清晰，一眼看上去都能觉得出刀锋的锐利，只是她一个字也不认得。加斯顿比女儿略强一些，从那一堆字里认出了四个不知用什么逻辑排列的数字：十，百，一，五。

"那上面写的是什么? 为什么会有这么多数字?"加斯顿问妻子。

露意莎眼力好，隔着很远就看清楚了横幅上的字：

　　　十年寒窗，历经世间百般苦。
　　　一朝荣归，羞杀前朝五进士。

露意莎没有回答。她没法告诉加斯顿：这里所有的数字，除了五是真的，其余的基本都是比喻。十不真是十，一也不真是一，百更不真是百。可是，假若它们都不是真的数字，那它们又是什么?

104

艾玛扭头看了一眼，突然惊叫了起来："爸爸，露意莎哭了。"

加斯顿把一根手指放在唇上，嘘了一声，然后从口袋里掏出一条手帕，递给妻子。露意莎窸窸窣窣地擤过了鼻涕，才瓮声瓮气地说："是欢迎的意思。"

艾玛从座位上颠了颠身子，兴奋地说："那块布是不是就像戛纳的红地毯？只是不铺在地上。"

去年戛纳电影节开幕时，加斯顿正好在附近度假，就带着艾玛去看了一次红毯秀，没想到孩子就记住了。

艾玛对事物的观察和解释，总有着她自己的路数，乍一听天马行空，再一想却是在逻辑的地界之中。有一回，幼儿园的老师说到圣诞节的来历，问孩子们教堂有什么用途。艾玛第一个举手，说那是上帝在地球上的办公室。老师听了一怔，然后拍案叫绝。

艾玛的想象力，时时让大人胆战心惊，生怕她走火入魔误入歧途，但她却总会在脚尖几乎踩上荒谬边缘的那一刻，出其不意地突兀转身。

早上当他们从车上走下来，众人像潮水一样把他们脚不点地卷裹进杨家院子时，艾玛捏了捏父亲的手，问："露意莎是明星吗？"

父亲也许回答了，也许没有。人流太拥挤喧嚣，她听不清楚，她只是觉出了父亲的掌心很潮湿滑腻。

艾玛在五进士经受的更大的惊吓发生在下午，当她和小树在院子里看杀鸡的时候。

虽然阿贵家有两眼大灶，但即使柴火一刻不停地烧着，也供不了十九张桌子的饭食。阿贵妈早就想好了应对的法子：肉菜和黄粿，在自己家里做；鱼和素菜，借用隔壁茂盛家的灶火。但是总会有一些菜，落在这些分类中间的模糊地带，比如红烧肉炖蘑菇，再比如笋干炒鸡丁，那是素中有荤，荤中有素。于是就需要一个充当运输队角色的人，把盛着肉汤的锅从这头送到那头，再把装着菜蔬的篮子，从那头搬到这头。

阿珠就应运而生地做了那天的跑腿。

阿珠用一根布带，把小河绑到背上，在自家院子和茂盛家的灶房之间，来回奔跑。小河从没在她阿妈的背上走过这么多路，见过这么多张被汗水和兴奋泡得走了形的脸，闻过这么多种她压根分辨不清的味道。她浑身上下连脚指头都好奇，不困不饿也不闹，静静地睁圆双眼东张西望。

阿珠不仅当跑腿，还负责把散在路上的鸡轰回到院子里。阿贵家里养着二十多只鸡，阿贵妈决定今天杀七只。挑选死刑犯的标准很简单：母鸡按生蛋能力强弱，公鸡按脾性顽劣程度。七只里有六只她都不用过脑子，只有挑第七只时，她犹豫了一下。第七只是大公鸡，是家里这群鸡中的山大王，天生好斗。跟其他的公鸡斗，是争风吃醋；跟围着它的母鸡斗，是为了显摆；跟闯进杨家院子的狗斗，是为了守住地盘。甚至连树上飘下一片落叶，它也会竖起一身毛，聒噪不已。论脾性它该第一个挨宰，可是让阿贵妈犹豫不决的，却另有原因：它长得实在惹眼。

阿贵妈养鸡的历史比她的婚史还长，远在她还是个小姑娘、刚刚学会走路的时候，她就跟在母亲身后，学会了在鸡窝里掏出隔夜的蛋、用糠混着米碎和菜叶喂鸡、隔三岔五换一次鸡窝里铺的稻秆。可是即便她养过这么多年鸡，她也没见过长得这么精神的公鸡。这只鸡的尾巴上生着一大蓬赤红色的毛羽，那赤红若仅仅是赤红，倒也普通，偏偏那赤红里又夹杂着几缕刺眼的孔雀蓝和杏黄。这蓬毛羽，静着看是一片虹彩，跑起来那可就是一团镶着青丝黄丝的飞焰，叫人看着就忍不住想扯开喉咙喊上一嗓子。

阿贵妈不禁感叹：难怪人长得好能倾国倾城，连鸡长得好都能让人刀下留情。但怜惜归怜惜，阿贵妈心里明白，这只鸡留着，杨家院子便无安宁之日。在阿贵妈的情绪队列中，安宁总归还是排在怜惜前头的，于是在片刻的犹豫之后，她还是把这只鸡归到了死刑犯的队伍里。

杨家管杀鸡的，从前是杨广全，今天是阿贵。

杨广全杀鸡，跟他年轻时干木匠活儿似的一板一眼，精工细作。他先用草绳把鸡的两只翅膀捆了，然后剃了颈脖上的毛，在脖子上割出一个小口子，把鸡血沥干净了，再扔进滚水里煺毛。

阿贵对他阿爸的杀鸡方法有些不以为然。他说那是杀一只鸡的方法，杀七只鸡也用这个法子，那得从早晨杀起，杀到太阳落山。阿贵杀鸡的方法很简单，简单到几乎粗暴。阿贵只是把刀磨锋利了，准备好两桶热水，把鸡按到案板上，一刀砍下去，刀落头也落，再砰的一声扔进水里了事。杨广全虽然嘴上不服，心里也知道儿子的方法不无道理：十九张桌子的饭食，自然没法像一张桌子那样精细操持。

这天他们抓那只长相俊朗的公鸡，很是费了一番周折。阿珠花了一把好米，才勉强把它哄进院门，但它却不肯束手就擒。它似乎知道那是它的最后时辰，那腿脚和翅膀上突然就长出了一副弹簧，杨广全父子两个大男人，跟在它身后居然怎么也追不上，眼睁睁地看着它一路狂奔，扬起一片飞尘，几乎遮暗了天日。就在阿贵几乎得手时，它却撑开两只铁扇般的大翅膀，哗啦哗啦地飞到了院子里的那棵桃树上，死活不肯下来。最后是阿贵妈舞着一把扫帚将它捅下来，阿贵和他爸扯了块破床单一把拢住，才总算把它降服。众人早已是一头一脸的汗。

阿贵举起刀，正要下手，却被阿贵妈拦住了。阿贵妈闭着眼睛，嘴里念念有词：

鸡啊鸡，你莫怪，

你本是人间一道菜。

今日去了明日你再来。

这是五进士的女人在宰家禽家畜时都要说的话，第一个字依据当时情况随意填改，可以是鸡鸭鹅，也可以是猪羊牛。

阿贵妈的最后一句话还没说完，阿贵已经手起刀落，鸡头砰的一声掉在案板上，鸡颈里冲出一条黑血，足足有两尺高，溅到半空，落下来，裹起一团浮土，地上就开出一朵一朵肮脏的花。案板上的鸡头怒目圆睁，鸡冠涨得血红。小树兴奋地拍手尖叫起来，阿贵妈啧啧叹息，说可惜了那半碗好鸡血。

阿贵正要把鸡扔进热水桶里，不想那鸡突然硬挺起来，嗍地挣脱了阿贵的手，跳到地上，呆立了片刻，便狂走起来。那鸡没了头也没了眼睛，可身体上仿佛又生出了新的眼睛，一路沿着院墙，走到晒衣服的竹架跟前时，身子矮了一矮，从底下钻了过去；遇到阿珠泡着脏衣服的木盆时，从旁边绕开了走。一路走，脖子上一路汩汩地冒着血泡。走到艾玛身边，众人都以为它会绕过艾玛，没料想它在艾玛的裤腿上蹭了一蹭，身子突然软塌下来，啪的一声扑在艾玛脚面上，再无动静。

艾玛惊叫一声，把那团软绵绵的东西一脚踢开，雪白的运动鞋鞋面上已经沾上了一团温热的血。艾玛盯着那团污秽，嘴唇颤抖起来。

艾玛对鸡的全部知识，都来自超市里那些装在塑料盒里、蒙着一张塑料膜的白白净净的肉。在走入五进士之前，她完全不知道那些盒子里的肉和刀和血有什么关联。她一把搂住离她最近的阿贵妈，扎在她怀里呜呜咽咽地哭了起来。

阿贵妈浑身上下突然就紧了，紧得如同一块被风吹干了的木头疙瘩。艾玛的身子很柔软，摸不到一根骨头一根筋，金黄色的头发被风吹着，轻轻痒痒地摩挲着阿贵妈的手背，犹如一把丝做的刷子，阿贵妈突然间觉得自己的皮肤已经老得像鱼鳞。

阿贵妈惊惶地问阿意："这，这孩子在说什么？我一句也听不懂。"

"她说'奶奶，我害怕'。"阿意解释道。

阿贵妈搂着艾玛的颈子，大气也不敢出，生怕自己手上的毛刺会在那绸缎一样的皮肤上钩出丝来。

"傻孩子，怕什么？鸡本来就是给人吃的。"阿贵妈贴在艾玛耳边，轻声地说。

艾玛已经止住了眼泪，只是依旧在抽噎。

"阿意，你告诉她，我给她留着鸡毛。这么好看的鸡毛，别说五进士，全世界也没有。"阿贵妈说。

小树听了，立刻跑过来，扯住阿贵妈的衣襟叫唤起来："奶奶，我也要，我也要。"

阿贵妈揉揉小树的头发："你是个小子，要鸡毛做啥呢？奶奶是要给那个黄毛丫头做毽子的。"

加斯顿站在一旁看着，用胳膊肘撞了一下妻子："今晚你可以猜得到，艾玛会有什么样的噩梦。"

阿意用胳膊肘回撞了一下加斯顿："是你要带她来看看世界上别的地方的人是怎么生活的。你要改变主意，现在还不晚。"

阿贵妈蹲下来，把那只断了头的公鸡扔进热水桶里准备煺毛，嘴里喃喃自语："新鲜，谁是她奶奶？"

十五

就在艾玛站在村里那条土路上数着饭桌的数目时，她的父亲加斯顿正蹲在杨家的灶房里，看他的丈母娘炮制用来做黄粿的草木灰汤。柴是山上砍来的山苍，已经烧成了灰，阿贵妈正一瓢一瓢地往盛着灰的筛子上浇滚水，泥黄色的汁液冒着热气，从筛孔里淅淅沥沥地漏了下来。

阿意看见加斯顿的眉毛轻轻挑了一挑，就扯着他往院子里走。

"这个环节你可以跳过，直接进入下一个步骤，省得我看着你别扭。五进士的人有生病的，却没有一个是因为灰汤。"

终于沥完了灰汤，杨广全端着一大桶滚烫的米饭出来，倒进石臼里，阿贵妈就往上淋灰汤。米饭渐渐变了颜色，就有些带着碱味的香气在空气里弥漫开来。

杨广全举着一个长柄木槌，开始捣黄粿。阿贵妈的手在盆里蘸一把凉水，在杨广全举槌的空当里，捏挪着石臼里的饭团。他没看她，她也没看他，他的木槌和她的手指似乎都长着眼睛，各看着各的路，各自警醒。他落槌的时候她抽手，他起槌的时候她伸手，一起一落，一伸一缩，木槌和手指在半空划出一条条天衣无缝的弧线。

加斯顿看得目瞪口呆，就问阿意："这本事是怎么练出来的？"

阿意就笑："你是想听我爸的版本，还是我的版本？你要问我爸，他一准说山里人天生就会干这些事，不会捣黄粿的就不是山里人。"

"那你的版本呢?"加斯顿问。

"他们吵了四十年的架,才磨合到这个程度。"阿意说。

加斯顿但笑不语。阿意揪着他衣袖逼他说话,他才摇了摇头:"我放弃,我本来还想学一学怎么做黄粿的。四十年,我没耐心。"

两人正斗着嘴,阿贵进了院子。阿贵身上围着一条厚塑料围裙,上面沾满了斑斑驳驳的血点和碎骨碴,他刚刚和茂盛一起剁完了驴肉。

阿贵妈看了他一眼,说:"瞧你这样子,吓着谁,像刚杀过了人。"

阿贵脱下围裙,正要接手他爸的木槌,阿意就嚷了起来:"哥,拜托你先去洗个手,这里有美国食品和药物管理局的人。"

阿贵没听懂,问:"你说的啥洋话,欺负我文盲啊?"

阿贵妈就舀了一盆水,递了块肥皂给阿贵:"洗洗吧,这里有人肠胃嫩得像豆腐。"

阿贵洗了手,接过他阿爸的木槌,和他妈一起继续捣黄粿。配合依旧默契,但终赶不上他阿爸。他和他阿妈搭手,是老老实实中规中矩地干一桩家常活。他阿爸和他阿妈搭手,是神采飞扬地上演一出排练了多年的戏。

两口子就是两口子，两口子吵的每一架，都留下了痕迹。加斯顿暗想。

　　杨广全歇下来，蹲到墙根，掏出一个烟盒，抽出一根烟来抽。想了想，又问女儿加斯顿抽不抽烟。阿意刚摇了摇头，加斯顿却把手伸出去讨了一根。加斯顿点火夹烟吸气呼气的样子都很老到，一看就知道曾经是杆老烟枪。

　　加斯顿又问岳父要了烟盒过来，放在手心仔细端详。盒子设计很简单，两道白，中间隔着一道红，上面印着几个他不认识的汉字，倒是注了拼音。

　　"Liqun。"他念出了声。

　　杨广全伸出两个指头，对加斯顿比画了一下："二十块钱一包，比法国烟便宜吧？"

　　阿意正要翻译，加斯顿已经猜出了意思。

　　"便宜。"他用中文说。

　　这是汉语旅行手册里的内容，他用上了，而且用得恰到好处，把他的岳父逗得哈哈大笑。

　　杨广全扭头瞅了一眼阿贵妈，见她正背对他忙活，就对阿意做了个手势，让她过来。

　　"我挂在树上那件衣服口袋里，有两个红包，你拿去给小树小河一人一个，就说是你给的，不用跟你妈说。"杨广全小声说。

这么些年了，杨广全依旧有着自己的小金库。

一股热气呼地一下冲上了阿意的面颊，她觉出了难堪。阿爸什么也没说，阿爸又什么都说了。阿爸一切都看在眼里。阿爸用他的周全，责备了她的欠缺。阿爸用他的体贴，叫她看见了自己的毛糙。

她知道阿爸没说出来的话是："你欠了你哥。"

可是，谁欠了我呢？阿意心想。在该上清华的时候，她选择了师范；在该去剑桥的时候，她选择了索邦，放下已经学到传神地步的英语，捡起了仅仅算是通顺达意的法语。当所有的最好朝她迎面扑来的时候，她却只能忍心放过，而抓住了次好。只因为她的家境，奖学金和研究基金就成了她这一路上跨不过去的沟壑。

血渐渐地落了回去，她冷静了下来。她的确欠了她阿哥。而欠了她的，是命运，不是她阿哥。

"爸，不用了，我给他们每人都准备了礼物。"她平静地说。

十六

十九张桌子是五进士人的算法，要是在城里，兴许就是二十一张，甚至是二十二张，因为大人的腿上，或者大人和大人之间的空隙里，还存在着数目难以确定的孩子。他们是不固定的存在，像水，从这张桌子流到那张桌子，或者从桌子流到路上，再从路上流回到桌子。他们制造着一波又一波的声浪，把暮色和夜色之间那段难得的清静，撕扯成一堆烂棉絮。孩子什么时候都是闹的，只是今天的闹与往常不同。今天他们闹得放肆安心，因为他们知道大人顾不上他们，大人的眼睛都盯在别处。

艾玛已经完全融入了水流。在最初的好奇观察犹豫较劲过去之后，五进士的孩子们不再怕她，她也不再怕他们。小树理直气壮地充当了她的保镖，不厌其烦义正词严地呵斥着他的同伴："她叫艾玛，不叫黄毛。"可是没有人理他。对孩子们来说，艾玛和黄毛就是一回事，就像水不叫水也照样流，山不叫山依旧还是石头。

后来，在回程的路上，阿意对加斯顿说："那些多元文化、身份认同的话题，都是大人的扯淡。融会哪是书本可以教的？你把一群孩子放到户外，让他们去抢一个球，抢一只蜻蜓，谁还顾得上看你是什么肤色，说的是哪国语言？"

加斯顿转过脸来看着阿意，微微一笑。那是他对他的中国妻子表示赞赏时的标配表情。

"露意莎，这次回去，你可以写一本社会学专著。"

他说。

阿意从这副神情里看到的却是嘲讽，她哼了一声，说："这么伟大的事，还是记载在你的回忆录里，等着流芳百世吧。"

那天的晚宴不到五点就开场了。这是阿意的提议。阿意说早点开吃，能一边吃饭一边看山水，等点煤气灯的时候，就只能看见人了。

阿意这话是替加斯顿说的，也只有阿意会说这样的话。五进士的人从来不谈论山水，山水早已和日子裹缠在一起了，谁也不会把它挑出来单说，除非是外乡人。加斯顿是外乡人。阿意也是。

这十九张桌子里，第一张桌子上坐的，都是村里的头面人物。村长，支书，会计。除了阿意，这一桌没有女人。但最重要的人，还不是前面说到的那几位，而是杨太公。杨太公不等人引领，就毫不谦让地坐在了最中间的位置上。一个人活到了一百零七岁，挣下的，也就这么点自在了。杨太公六十岁时，就让子女备下了全套寿衣寿鞋，后来这套衣装长了霉遭了虫咬，又换过了几套。再后来为他置装的子女们全走在了他的前头，连他的孙子辈中，也已经折损了一员。杨太公私下里感叹：一辈子辛辛苦苦拉扯大了这么多儿女，到了，恐怕还是没人给自己送终。

杨太公信奉"七十不留宿，八十不留饭"的古训，已经好些年不出来串门。杨广全记得当年阿意考上大学，杨太公说过"文曲星动驾"的话，总觉得阿意后来的运势，多少是得了杨太公的恩，所以一定要请杨太公出来吃酒。杨太公听说是阿意回来，倒也肯破例，让孙子喊人来家里，给他理了发刮了胡子，换了身干净衣服来赴宴。

杨太公眼神和牙齿都还够用，只是耳朵有些聋，杨广全就让他坐在阿意左侧——他的右耳比左耳强。杨太公听力差了，说话自然就声如洪钟。他指了指杨广全，又指了指阿贵，问阿意："五进士的媳妇，都是骗过来的。外国人结婚，也时兴骗女人不？"

村长怕杨太公说背时话招人嫌，就一味往他碗里夹菜想叫他住口。阿意却不在意，贴近杨太公的耳朵说："在国外，人都不喜欢结婚，结婚责任太重。是我辛辛苦苦，才把他骗过来的。"

杨太公半天没吱声。众人都以为他没听清阿意的话，谁知他咳咳咳咳地咳嗽过了，吐出一口痰，大声说："他比你长得好看，说你骗了他，太公也信。俗话说男追女隔座山，女追男隔层纱。我娃脑子好，骗他也是件容易的事。"

众人没想到杨太公脑子还如此清醒，说话还有这等风趣，都哈哈大笑了起来。

加斯顿不知所以，强烈要求翻译，阿意想了想，就说："他们问你是怎么把我骗到手的，我说你给我看了一个大钱包，又不让我看钱包里到底装了什么，我就上了你的当。"

加斯顿也笑了，让阿意告诉桌上的人："情况基本属实。"

话题轮着转，后来就转到了支书手上。支书开过各样的会，镇上的，县里的，还有省城的。支书吃过各样的酒席，知道怎样把场面上的话说得有趣。

"阿意，你上了大学，给村里的孩子带来多少祸害，你可知道？"

阿意吃了一惊："我怎么啦？"

"你拍拍屁股走了，倒是轻省，村里的爹娘管教孩子，哪个都拿你做样子，阿意这个阿意那个的，连扇耳光子都念叨你的名字，你说村里的孩子能不记恨你吗？"支书说。

夸人夸到这个段位，也是空前绝后了，一桌的人又轰地笑了。

村长也不甘示弱，但村长插科打诨的本事比起支书还是差了几个等级。村长到底比支书年长几岁，说起话来就免不得中规中矩。

"阿意，你是开路的人，你一考上大学，后边就有人跟上来了，这几年村里也陆陆续续考上了几个。"

众人就站起来，纷纷给杨广全敬酒，说可惜了现在不是清朝，皇帝不赐碑文了，要不然你们家就是不到竖碑的地步，起码也该有一块大匾。

杨广全笑得一脸的皱纹飞成滚水里的面条，阿贵见他爸喝高了，便要替他喝这一杯。众人哪里肯，结果是父子俩同时干了一杯。

加斯顿问阿意众人敬的是什么酒。加斯顿是个做学问的人，事事都要求甚解。阿意已经微醺，随口就说："他们说在我之后，一切皆成可能。我开创了，历史。"

阿意发现，自从她回到五进士，她的法语和翻译功夫直接长了十个等级。

正在上菜的阿珠听见这话，忍不住抿着嘴偷笑。

阿珠端上来的这道菜，是今晚宴席里的头牌：红烧驴肉和黄粿。加斯顿也学着村人的样子，将黄粿掰下来蘸肉汤吃。吃了几口，他突然觉出了一丝怪味，就忍不住问阿意这是什么肉，颜色这么红。阿意说是野味。加斯顿问是什么野味。阿意说好吃就行了，管它是什么。加斯顿心生狐疑，放下了筷子，说你要是不告诉我到底是什么，那我就不吃了。阿意搪塞不过去，只好说是驴肉。

加斯顿咚一声扔下碗，跑到路边蹲在地上，顾不得斯文，哇哇地吐了一地，直吐到只剩下一口胆汁。

众人慌了，连声问阿意到底出了什么事。这肉可是煮得烂熟了的啊。阿意说加斯顿的爷爷在法国乡下有个小农场，养过一头驴，叫花生。一家人把花生当成孩子来疼，死了都葬在家族墓地里，所以他吃不得驴肉。

阿意就问加斯顿要不要吃点消炎药。他说不用，只想回屋洗一洗。阿珠就说阿意姐你招呼客人，我带他回家，喝一碗盐汤就好。

加斯顿跟着阿珠走了，阿意就责怪阿贵："不是原先说好吃牛肉的吗？不光是加斯顿，他们老外都只认牛肉和鸡肉，连猪肉都很少吃，别的肉心理上很难接受。"

阿贵听了，心里不悦，却碍着一桌子的人，只说了声"不是想着驴肉比牛肉金贵吗"，就不再吭声，只闷头喝酒。

阿贵桌面上忍下的话，是回家时才说的。他没说给阿意听，只借着酒疯说给了他的爹娘："总不能老为她杀牛吧？这酒席花了多少钱，她心里有数吗？"

阿贵妈听了这话，赶紧关上门，让杨广全把儿子架到床上躺下，自己去灶房冲了一碗醒酒汤，叫阿珠端过去给阿贵喝下了。

"没有一个知道好歹。"阿贵妈对自己说。

这都是后话。

当时加斯顿在宴席上吐过之后，阿珠领着他进了自家的灶房，泡了一碗盐开水，等着慢慢凉下来。

"其实还有鸡肉、蔬菜，你都是可以吃的。"阿珠怯怯地说。

加斯顿怔了一怔，半天才醒悟过来阿珠说的是法语，他这才想起阿珠来自印度支那。

"哪里学的法语?"他问。

阿珠的脸腾地一下涨得通红，一路红到颈子。

"我上的中小学，都是从前法国传教士办的，教法语。"她嗫嚅地说。

加斯顿发觉阿珠的法语虽然有语法错误，却发音纯正，很容易听懂，就从手机里调出越南地图，让阿珠指出家乡所在地。阿珠把地图放大了几倍，指头在地图上走了几个来回，终于犹犹豫豫地停在了一个地方。

"想家吗?"加斯顿问。

加斯顿问完了就知道那是一句蠢话，是明知，也是故问。

阿珠没有立即回话。阿珠沉默了很久，才叹了一口气。

"五年了。"她说。

十七

宴会散去时，夜已深，众人仍未尽兴。各自走在回家的路上时就已经知道，这场盛宴，在很多很多年之后，还会是五进士人讲给孩子和孩子的孩子们听的一个精彩故事。当然，到了那个时候，就会出来很多个版本。为这些版本之间的差异，会生出许多面红耳赤的争论，直到某一天，有一场超过十九张桌子的宴席，终于覆盖了这场热闹。

阿意给艾玛洗完澡，上了床，艾玛看见床底下铺着一些树叶子，感到奇怪，就问露意莎这是什么。

那是梧桐叶子。梧桐叶子的背面有细细一层绒毛和黏液，虫子爬过就黏住了，这是五进士最原始的对付跳蚤的法子。现在跳蚤臭虫都已是罕见之物，可是阿贵妈还是不放心，去打了几片叶子摆放着，以防万一。

阿意当然不能告诉艾玛实话。阿意说这是乡下的习惯，在床底下放几片有香气的树叶，能安神助眠。艾玛拿过一张叶子闻了闻，说了一句"没什么气味啊"，没等回话，就已经沉沉入睡。这一天，她实在是玩累了。

加斯顿洗完澡进屋来，阿意看见他的头发都没打湿。家里的卫生间很小，刻薄点说，只能算是一个比较宽敞的笼子。冲澡的莲蓬头，对加斯顿那样的身个来说，大概是在肩膀的位置。

两人坐在床沿上，看着艾玛沉睡的样子。竹帘子有缝，月色从外头爬进来，在艾玛的脸上啃下一块一块的白印子。艾玛的眉头轻轻蹙了一蹙，突然蹬了一下腿，哼哼唧唧地说了一句什么话，加斯顿只隐约听清了一个词：pétards。

"她从来没有这么兴奋过。"加斯顿说。

"在别人的生活中偶然经过，总能发现兴奋点。在自己的生活里，人想的是怎么逃离。"阿意说。

加斯顿闻到了妻子的呼吸中散发出来的复杂气味，有桂花酒，有驴肉，还有一些他暂时无法命名的情绪。假如房间里没有那些入侵的月光，他应该还能看得见情绪的颜色。

"露意莎，你今天喝了很多酒。"加斯顿说。

阿意靠到了加斯顿的肩上："对不起，驴肉的事，他们是想用最好的东西，招待你的。"

加斯顿把艾玛往里推了推，两人在艾玛的外侧躺了下来。阿意发现母亲至今没用席梦思，她一直还睡木板。母亲嫌席梦思太软，伤腰。母亲怕女儿女婿不习惯，就在床板上铺了一床褥子，可是阿意还是觉得硬。阿意一挪身子，就听见了咯吱咯吱的响动——那是骨头碾过木板的声音，那声音在暗夜里听起来暧昧，惊心。五进士没有一张床能摆得下加斯顿的躯体，他只能侧过身，蜷着腿，他弯曲的膝盖把阿意挤到了床的边缘。她只好也侧过身去，把自己缩进他的腿弯。

终于都静了下来。夜像一只蘸满了墨汁的大号狼毫，唰唰地抹去了白日的喧哗，只剩下了独属于夜的声响。虫子在喔喔喔地叫着，阿意分不清有多少种，只觉得像是一个舰队，或者一个军团。她记得秋天是虫子的天下，她已经想不起来春天的虫子竟然也是这样猖獗。不过，和青蛙相比，虫子的叫声至多只是没完没了的絮叨，而青蛙的声音是愤怒的呐喊，不，更像是狂躁的鼓点。小时候她问过阿妈：青蛙的身子这么小，怎么叫得比人还响？为什么青蛙永远也不会叫腻味了？阿妈说那是青蛙在呼吸。世上有谁会腻味了呼吸？除非他要死了。阿妈随口那么一说，阿意却信了很久。从那以后，她既腻烦青蛙叫，也害怕青蛙不叫，因为她不想青蛙死。

黑暗中有一只手伸过来，探进了她的睡衣。那手很大，温温软软的，带着一点潮气，摩挲着她的胸脯，一路缓缓下行，滑过她的肚腹，进入她两腿之间。她觉得身子一下子软了，化成了一堆提不起来的豆腐。她忍不住呻吟了一声，却立刻咬住了嘴唇。

"今天不行。"她推开了那只手。不仅是因为那个睡在他们床上的孩子，还因为屋里那无数条门缝窗缝和木板缝。每一条缝都长着耳朵，每一只耳朵里都生着钩子，能钩得住最细微的声音。

"那什么时候?"加斯顿轻声问。

阿意没有回答。她知道这是加斯顿的试探，住在家里是她的决定，加斯顿仅仅是同意而已。同意可以分成很多个程度，从热烈的赞成到勉强的附和，中间还有一千种色差。

加斯顿很快睡着了，她却一直醒着，两眼圆睁地盯着天花板。假如这一刻有人走进房间，一定会看见黑暗中有两簇电筒似的亮光。她总觉得酒在她身上走的是跟别人不同的路子，酒使她清醒，叫每一样感官都绷紧了，锐利如刀锋。

眼睛习惯黑暗之后，她渐渐理出了屋里各样东西的轮廓。墙角那片长着尖角的黑影，是父亲亲手打制的衣橱，从她出生起就立在那个位置。不，当她还是母亲肚腹里的一团肉时，它就已经占据着这个空间了。它在那块地盘上站得太久了，脚底下大概已经长出了根须。

阿意的目光沿着衣橱往左走，走到房子中间的那面墙上。墙中间的地方，挂着一个木头镜框，里头镶着一张放大了的全家福照片，已经褪色泛黄。她现在看不清照片的细节，她用不着看，她闭着眼睛都知道那些人的排列和表情。那张照片，是她拿到大学录取通知书之后的一个星期天，阿妈带着全家到镇里拍的。那时还没有阿珠，没有加斯顿，没有小河和小树。那时阿珠和加斯顿还行走在两条旁不相干的轨道上，等待着苍天的一脚，把他们踢到与照片上那些人相遇的路途之中。照片中的阿意干瘪精瘦，与美丽相差甚远，与好看也遥不可及，甚至与顺眼都隔着一两条街，但是那双眼睛里却有着叫人看了忍不住要打一个寒噤的锋芒。那双眼睛里充满着逃离和远行的期盼。那时她就已经知道她会走很远的路，只是还不知道路到底有多长，会拐多少道弯，会让她摔倒几次，受多少伤。

　　隔壁屋里传来一阵窸窸窣窣的响动，是有人在翻身。隔壁的床是席梦思床垫，隔壁的床垫不堪重荷时，不会发出木板那样赤裸直白的抗议。席梦思把反抗磨去棱角和毛刺，只剩下委婉而意义含糊的呻吟。接着，阿意听见了一串男人的声音，是阿贵在说话。但阿意听不清阿贵的话，阿意听到的，只是音节和音节之间的那些颤动的喉音。再接着，阿意就听到了女人的声音，是阿珠。阿珠肯定没在说话，阿珠的声音本是连成一片的，只是被呼吸一刀一刀地斩断，变成了有节奏的哼声。阿意一时无法分辨那到底是忍不下的笑声，还是没压住的哭泣。

阿珠是来自另外一个星系的星球，他们只看见了正对着他们的那一面，而无法探求发光面背后的那片阴影。阿贵只能借着那一小片的光，来猜那一大片的暗。也许他会猜对，也许他会猜错。或者，他压根懒得去猜，就凭着那片光亮信了那片灰暗。也许，那片光亮就够他们走一辈子的路了。其实，谁对谁不是一个陌生的星球呢？比如她对加斯顿，再比如阿爸对阿妈。也许，科学的原理只适合宇宙万物，却不适合人。在科学的世界里，探索意味着突破。可是，突破是一个粉身碎骨的过程。也许，在人的世界里不需要探索和突破，只需要固守。无知是危险的，但最危险的，也往往是最安全的。

后来她终于迷迷糊糊地睡着了。

也不知睡了多久，她从一个古怪的梦中惊醒，一身冷汗。手机在桌子上充电，她不知道这一刻是什么时辰，只知道窗外田野里的虫子和青蛙都安静了，上苍收回了所有的夜音，只给她留下了鼾声。她从来没有听见过这么多鼾声一股一股地交缠在一起，犹如家里拴牲口的麻绳。此刻她的耳朵也像是阿妈铺在床底下的那些梧桐叶子，长着细密的绒毛和黏液，过滤了声音中的杂质，只留下了声音最纯粹的内核。她很惊讶自己居然能从一屋子此起彼伏的鼾声中，准确无误地分辨出每一个人的声音。

父亲的鼾声是最响的，父亲的气管和悬雍垂已经稀松得像一块洗过多次、早已失去经纬交织力度的破布片。父亲的鼾声爆发力十足，却缺乏耐力，断断续续。和父亲相比，母亲的鼾声在音量上是个幼童，但母亲的鼾声固执而均匀，是一篇没有头没有尾也没有句读的长文。假如把母亲的鼾声绘制成一张音波表，每一个音波都是相邻音波的完美复制。

阿贵的鼾声在节奏上最容易辨识，几步之间就带有一个喘气的间隔，仿佛是在给鼾声打着拍子。阿珠年轻，阿珠的气管和悬雍垂都像她的皮肤一样平滑紧致，阿珠在睡眠时发出的声响，其实还不是鼾声，而仅仅是劳累了一天之后的粗重呼吸。

这一屋的鼾声中有一个奇怪的空白点，阿意突然觉察到了加斯顿的缺席。她转过脸去，只见黑暗中有两颗炯炯闪亮的玻璃珠子，这才明白加斯顿也醒着。

她捅了一下加斯顿，悄声说："起来，我们出去走走。"

"现在？"他惊讶地问。

"现在。"她说。

两人蹑手蹑脚地套上衣服，穿上鞋子，溜出了院门。

十八

喇啦一声响，很轻，阿贵妈却一下子就惊醒了。

她怀疑自己压根就没睡着。这一天里她感受到的兴奋，原是从前四十年里积攒的，还需要后边的四十年来消化。只是，她不知道自己是不是还有四十年。

那是院门的木闩抽动的声响。她在杨家当了三十多年的家，她熟悉杨家院子里的每一种声音。她倒不怕有贼，五进士从来没人丢过东西。门闩其实只是摆设，闩门也只是一种仪式，宣示了夜晚和白昼的彻底切割。如此而已。况且，有人抽门闩，只能说明是院内的人要出去，而不是院外的人想进来。

她起身，用脚指头在地上探了几探，没钩着鞋子，就光脚下地，打开窗户，只见两个朦朦胧胧的人影正从院子里往外走，一高一矮，她猜出是阿意和加斯顿。这个时候出去，应该也是睡不着觉。这一夜有很多睡不着的人。

阿贵妈想追出去，犹豫了一下，又退了回来，坐到床沿上犯愣。杨广全睡得很沉，鼾声如雷。杨广全的每个毛孔，都在往外咕嘟咕嘟地冒着酒气。杨广全昨晚没少喝酒，不过他喝不喝酒都一样没心没肺，天塌在脚前也照样睡得安心。昨晚躺下时，她是有话想和他说的，他嘴上嗯嗯地答应着，喉咙里却已经发出呼哨声。

阿贵妈用肘子推了他一下，他哼哼唧唧地翻了个身，却没醒。她忍不住捏住了他的鼻子，他扑哧一下张大了嘴，像扔在沙滩上挣着最后一口气的鱼。他噌地坐了起来，恍恍然不知身在何处。

"天，天亮了?"他揉着眼睛迷迷瞪瞪地问她。

她狠狠踹了他一脚，他疼得嗷地叫了一声，这才彻底醒了。

"你这是要谋害亲夫吗?"他捂住被她踢疼的小腿。

"那两个，出去了。"阿贵妈小声说。

"哪两个?"他一头雾水地问。

"还能哪两个? 大个头和阿意。"她说。

她背地里从不叫他加斯顿，她觉得这个名字听着像某种洗洁精，或是止疼药的名字，叫起来也是拗口。不当着他的面时，她只叫他大个头。

"出去就出去吧，这么大的人了，又不是孩子。五进士就这一条路，还能把人走丢?"杨广全说。

"是床太硬了。我就没想到，把阿贵屋里的席梦思换过去。"阿贵妈说。

"就这点事，非得把我喊醒?"杨广全嘀咕着，正要躺回去，阿贵妈又推了他一下。

"昨天刘四强的妈悄悄跟我说，村里要给咱家发两万块钱，每户出两百，自愿的，村委会多退少补。"

刘四强的妈是村支书的老婆，昨天吃酒的时候，就坐在阿贵妈旁边。

"啥理由?"杨广全问。

"说咱家阿意是村里有史以来唯一的博士，是国际上的科学家。这顿饭不该我们请，该是村里请。"

杨广全靠在墙上，从枕头底下摸出一根烟，慢慢地抽了起来，烟头在黑暗中一明一灭。

"你跟四强妈是怎么说的?"他问。

"我哼哈了两声，没说话。我觉得，这钱不能收。"她说。

"为啥?"

"这钱要是公家出的，我就照单全收。要是村里人凑的，我们就一分不能拿，吃了人嘴软。阿珠现在是临时签证，算不算在咱家户口上，就听村委会一句话。先让人欠着我们，分配宅基地的时候，我们好仗着阿意的名声，厚着脸皮说几句话，也能有人帮腔。"

杨广全缓缓地呼出了一口烟，半天才说："你知道刘四强的爸昨晚坐在我边上说了什么话吗?"

阿贵妈摇了摇头。

"他说镇里的公路是修好了，那是政府出的钱。可是进村的那一段，上面的意思是民间自筹。他说五进士只有你们一家吃外汇，一个欧元换七个人民币，一万欧元，就是七万人民币。你们家要是修了这条路，就叫天意路，那是光宗耀祖功德无量的事。"

阿贵妈倒抽了一口凉气，说了一声"难怪"。

她现在是后悔莫及。

"都怨我，不该摆这个酒。要像前次那样，悄悄来，悄悄走，就没这事了。"

杨广全终于把一根烟抽完了，把烟头扔在床下的痰盂里，这才说："不能怨你，你也是给孩子挣了个大面子，谁想到会摊上这事？我们只能先装糊涂，等阿意走了再说。"

"只是这事千万别让阿意知道，省得她跟村里生分了。"阿贵妈嘱咐丈夫。

两人便都又躺下了，看着那竹窗帘的颜色，渐渐从深黑变成了灰褐，扑在窗帘上的那些个树影，也已经暗淡模糊了。院子里的鸡笼里，传出一些窸窸窣窣的声响，那是鸡在躁动不安地翻着身。鸡比人知道时辰。

"怕就怕，是名声在外了。"杨广全轻声说，"阿意的手头，哪有什么钱？我看她穿的运动鞋，还是两年前的那一双，鞋尖都踢破了皮。大个头挣的钱，管家，管他女儿，阿意是自己管自己。"

杨广全说的，阿贵妈早看在了眼里。她的眼睛，远比他的尖利。但是她不肯说破。阿意是撑在她心里的那个大气泡，有了这个气泡，她才能每天仰着头做人，走路两脚生风。所以，她容不得任何人在那个气泡上扎针。

"阿意说了，他们这个项目，很快就要出成果，是治疗老年痴呆症的重大突破。阿意说她是这个项目组的主要成员，要是出了成果，她今年就会升职，薪水起码涨一倍，还有自己的科研经费。到时候，还不知道谁养谁呢。"阿贵妈说。

阿贵妈这话，不完全是给自己鼓劲儿的，她只是相信阿意。阿意走路，就是这么一步一步地，从小学开始。阿意从来不是个轻狂的人，阿意的嘴上有两扇大门，该开的时候倒不一定开，不该开的时候，却一定是紧闭的。阿意既然肯把这话讲给她听，说明这事起码已有了八九成把握。

阿贵妈担心的，其实还不是这件事。

"他爸，你没觉得阿意的脸色不怎么好？"

杨广全摇了摇头："没觉得，我看着挺好，比从前胖了些，也皮实了。"

男人是永远不会懂女人的事的。男人和女人就是一条河里的两艘船，各行各的路，除非有大风大浪，要不然它们一辈子也很难相靠相撞。阿贵妈心想。

"我觉得那个谁，个头实在太大了，不知道阿意吃不吃得消……"阿贵妈犹犹豫豫地说。

杨广全在黑暗中呵呵地笑了。

"瞎操心，你没看出来阿意像你，哪能轻易让人欺负？"

两人便不再作声，都知道，这一夜，怕是再也睡不着了。

十九

即使是有月色的夜晚，路也没有向他们全然显现，他们是从低洼之处水田的反光里，猜测出路的边界的。山是一团一团巨大的黑影，廊桥也是。夜里的廊桥失去了白日的细节，只剩下桥身和桥拱的形状与线条，却带着一股白日没有的沧桑和威严，叫人不敢大声说话，仿佛开口就是冒犯。

五进士的夜，即使在盛夏也有凉意，更何况这才四月。寒意带着利齿咬过阿意的外套，她忍不住打了个寒噤，用双手搂住了自己的肩膀。肌肤和骨头同时喊了一声疼，那是母亲的木板床留下的伤痕。寒冷让疼痛变得锐利，她觉出了鞋底下粗粝的石子。从前，她是光脚走过这条路的，她不知道现在的石子还是不是当年的石子，但地上一定还留着她当年的脚印。

她带着加斯顿，走到廊桥跟前，在石阶上坐了下来。桥下的河发出响亮的水流声，水底下埋着高矮不一的石头。水在白天看起来是平缓宁静的，只有夜晚才显露了白天掩盖着的巨大落差。

阿意把腿伸展开来，打了一个长长的哈欠。突然，她的左脚踢着了一样东西。那样东西丁噹地滚了几下，停住了。阿意顺着声音摸过去，抓起来，是一枚钱币。

她把那枚钱币捏在手心，抚摩了几遍，她的触觉向她报告了她的视觉还不能完全破译的信息：那不是现在的零钱，因为它比零钱厚，印花纹路里有一种陌生的凹凸，她甚至觉出了金属面上斑驳的锈迹。

"是古钱，一定是当年建桥的时候埋下来压路辟邪的。"阿意惊喜地说。

"桥是道光年间建的，道光皇帝一八五〇年去世，这枚钱币，至少有一百六十七年历史。"加斯顿的脑子是一台存储和移动空间都很充足的电脑，他能在那样巨大的库房里随时调动所需要的库存。

"村里人都说，找到压路的古钱是好运气。"阿意说。

两人静静地看着月亮和星子一点一点地下沉。

"它们行走的时候有脚吗？为什么听不到脚步声？"小时候，她曾这样问过母亲。小时候的她该有多招人烦呢？她用一个接一个的问题，不停地打磨着母亲已经被家常琐事损耗得稀薄了的神经。母亲大多时候是顾不上她的，可是母亲一旦回话，那必然是石破天惊。

"太阳月亮星子走路的时候都是有响动的，只是人听不见，因为人的心不清静。"母亲说。

"那怎么样才能清静呢？"她问。

母亲沉默了很久，才说："死了，到死了才能真正心静。"

风起来了，树叶子唰唰地颤抖着，空气中飘过一层细细的湿意。加斯顿脱下外套，盖在阿意身上。

"想什么呢，亲爱的？"他问她。

她在想多年前学过的一段古文。那时候，她的记忆像海绵，张着一个一个粗大的毛孔，贪得无厌地吸吮着所有经过的水分，包括毒素。

"富贵不归故乡，如衣锦夜行。"这句话在她的脑子走过，不是那种怯怯的低眉敛目的左顾右盼的走法，而是张扬的热烈的一往无前的奔跑，像从未经历过缰绳的野马。她肯定不算富，但她算贵吗？古人在发明这些词汇的时候，可曾考虑过可以衡量的客观标准？什么样的名声才算得上是贵？究竟以什么地界为鉴定范围？是村？是乡？是省？还是国？

"娃啊，你是五进士这一百年里的头一个。"这是晚上吃酒的时候，杨太公对她说的话。杨太公为她提供了标准。杨太公的标准是时间。一百年使得所有其他衡量坐标都变得无足轻重，一百年的一粒尘埃都是历史。她书写了五进士的历史。她就是历史。

"我没有衣锦夜行。"她很想把这句话喊出来，用把声带撕出血的那种喊法，让夜把这句话扯得粉碎，扔给山，扔给水，扔给风，再化作回声，十倍百倍响亮地扔回给五进士村。蚂蚁也有虚荣心。何况，她不是蚂蚁。

但是，她不能。人一生，总有几句话，是无人可说，无人能懂的，必须永远烂在肚子里，化成泥化成蛆。

"我刚才做了一个很奇怪的梦。我梦见我的脚变成了树根，是那种长满了肉瘤的根，棕褐色的，一路蔓延上来，像石化的过程。我害怕，怕我很快就会变成一棵树。"阿意打了一个哆嗦，"到现在，我也说不清楚它到底是不是梦。"

加斯顿倒吸了一口气，说："露意莎，我不能解释这个现象，我只能告诉你，我刚才也做了一个梦，我在梦里看见了你告诉我的那个梦。我看见你的身体，慢慢变绿，变成树木。"

阿意悚然大惊，一时竟说不出话来。

半天，加斯顿才说："露意莎，你对家乡的感觉，是不是有些纠结？"

阿意没吱声，只是伸过手臂，探进加斯顿的衣服，搂住了他的腰。她摸着加斯顿腰上一排鼓起的小包，密密麻麻的，像下雨之前聚集的蚂蚁。她起了一身鸡皮疙瘩。

"应该不是跳蚤？"她问。

"应该不是。"他说，"露意莎，这不过是你的家乡迫切地要留给我的印记。"

阿意轻轻地笑了。她突然想起了一句不知从哪里听来的话："一个没有离开过家的人，是没有故土的。"她离开了家，所以有了故土。但是，故土在她不在的时候，悄悄地蜕过了皮。蜕过了皮的故土，已经没有了先前的纹理和质地，剩下的只是轮廓。她只能站得远远的，才认得出它的样子。

"明天晚上我们搬去宾馆住，好吗？我至少可以好好洗一个澡。"加斯顿小心翼翼地问，"白天，我们依旧可以回到村里。"

阿意点了点头。她知道加斯顿这句话，已经在心里憋了一天。

故土，是让人远远地看着的。阿意心想。

月亮和星子愈发低沉下来，天离黎明近了，却不知为何，四周似乎变得更黑。阿意摸索着，从加斯顿的背上绕过去，揽住了他的臂膀。

"有件事，想和你商量一下。我想今年就申请我父母到巴黎探亲。"阿意犹犹豫豫地说。

加斯顿没有立刻回话。

"我知道，原先我们说的是明年。这笔钱，假如运气好，今年年底我就能还你。我们实验室……"

加斯顿捏了捏阿意的手，打断了她的话。这就是他委婉的拒绝。她和他相识已经四年了，她熟悉他的表达习惯，无论是说话，还是沉默。

"我不能同意。"加斯顿终于说话，温和而坚决，不留一丝讨价还价的空隙。

"因为我已经答应了阿珠，我出资，让她和你哥哥回越南探亲。"他说。

二十

阿意和加斯顿回屋，又睡了一个沉沉的回笼觉，醒来时，太阳已经升到了树分杈的地方，窗外人声喧哗。两人一摸床上，艾玛不见了，就慌忙起床开门，一看，院子里已经聚集了一堆孩子，他们在玩老鹞捉小鸡。

老鹞是隔壁茂盛家的大孙子，一个七岁的男孩，母鸡是阿珠。小鸡很多，从大到小排了长长的一队，后一个抓着前一个的后襟，艾玛和小树排在队尾。

老鹞很灵活，一会儿蹿到左，一会儿蹿到右，脚下像安了风火轮。母鸡也很灵活，不仅懂得及时躲，而且还知道提前量，老鹞一时半刻不能得手。母鸡岂止是灵活，几乎是刁蛮，两只胳膊撑得直直的，十个指头张开来，像十根小铁棍，头发被汗水湿湿地沾在面颊上，嘴里发出咿咿呀呀的尖叫。这一刻的阿珠不是母鸡，这一刻的阿珠更像是每个毛孔都冒着热气的母狮子。

阿贵抱着小河在旁边看热闹。他从未见过阿珠今天这副样子，不禁看呆了。

孩子，她还是个孩子。他想。

阿贵妈坐在矮凳上，搓洗着泡在木盆里的脏衣服，一边洗，一边嘀咕："也不管管你媳妇，这衣服泡了两天了，都长绿毛了，她从边上走来走去，一天走一百趟，就是看不见。"

阿贵抓起小河的手，一下一下地塞进自己嘴里，假装要咬，小河笑得直打哆嗦。

"难得看她这样疯，也是憋的，让她耍一耍吧。"阿贵说。

阿贵妈哼了一声："怎么就没人叫我也耍一耍呢？我是你们一家子的洗衣机啊？"

阿贵就嘿嘿地笑，说："妈，五一长假，我早点买票，咱们全家去云和看外婆。"

阿贵妈抬头斜了一眼阿珠，对儿子说："手机总是要给人一个的，为省那几个钱，憋出事来，谁给你擦屁股？"

"还给她了，就是不能给她电话卡，给了她就管不住。就让她用微信视频。"阿贵说。

小鸡的队伍太长，母鸡躲闪了几个来回，队形就甩乱了，老鹞终于抓住了掉队的小树。小树想蹲下来捂住耳朵，可是已经晚了，老鹞已把小树拦腰抱住。小树挣来挣去，双脚在地上踢出一个泥坑。母鸡扔下队伍，蹲在地上，笑得前仰后合，小鸡溃不成军。

突然，小树停止了挣扎，伸出一个指头指着房顶，大声叫着："奶奶！奶奶！"

阿贵妈抬头，就看见屋檐下歇着两只燕子，一只已经钻进了旧年的窝巢，只露出一个尖尖的小脑壳，另一只在梁上跳来跳去，警惕地巡视着周遭的环境。

"还知道回来。"阿贵妈擦着脸上的肥皂沫子，愤愤地说。

一个城市视角中的乡村故事（后记）

张翎

　　我在城市里出生长大，成年后也一直在不同的城市生活。尽管"文革"如一条粗粝的绳索穿过我的童年、少年和部分青春岁月，我也没有像比我略长几岁的朋友们那样插过队当过农民。我一生中与农村的短暂接触，仅限于小学时学农劳动的那几天，以及十六岁辍学后到郊区一所小学当代课老师的那一个学期。学农劳动是在指定的范围里活动，一切参照学校事先设计好的台本；而在郊区小学教书时，每天早起晚归，步行上下课，并未住在学校——幸亏那时城市辖区小，步行就可以穿越城乡边界。我从未深入过农家的真实生活，也从未想过有一天我会写一部农村题材的小说。

　　有一句英文谚语是"Never say never"（永远不要把话

说绝），应用在我的写作经验中，还真合适。去国离乡三十年之后，我竟然写出了一部以一个江南村落为背景的小说《廊桥夜话》。其实，确切地说，不是我在主动寻找这个题材，而是这个题材经过数年锲而不舍的追索而找到了我。

在创作《劳燕》的过程中，我结识了一群关爱抗战老兵的义工队成员，与他们中的一些人结下了"兄弟"之情。其中有小江和阿田，两人老家都是务农的，只要聚在一起，他们就和我讲一些发生在乡野的趣事。乡村四季的劳作，各种怪异的生灵和植物，邻里间的鸡毛蒜皮，男女间的各样情缘，因小恨生出大仇乃至杀人放火的案子……穷日子里生出的种种故事，经过他们的莲花之舌，五味俱全，活色生香，听起来竟像是用莫言手法演绎的江南农村版《聊斋志异》。

每每看到我听得下巴跌落两眼发出贼光的样子，小江、阿田便开始游说我来写一写他们的乡野故事。我总是推却，我最实在也最顺手的借口是我不熟悉农村生活。他们的反击来势凶猛：你并未经历过战争，可是你也写出了《劳燕》；你并未经历过地震，又不是唐山人，可是你也写出了《余震》；我们老家和你的温州城在同一个省，有什么不能写的？

这样的话，一直在我耳边聒噪了几年。尽管我一直没有松口，内心的恐惧和好奇却一直在暗暗较劲儿。渐渐地，好奇占了上风，抵抗的那堵墙不知不觉间有了裂缝。我已经看到了漫天飞舞的灵感，但我还在等待，等待可以把散乱的灵感落到实地的契机。

契机是在去年年初的时候突然来临的。那时我恰巧在温州，时不时和小江、阿田一伙人聚会聊天。小江讲起他家所在的村里有座廊桥，还有与廊桥相关的一些民俗民风。我最早听到"廊桥"这个词，是好莱坞电影《廊桥遗梦》。小江嘴里的廊桥，是浙江泰顺县境内的一系列特殊桥梁，和《廊桥遗梦》里的美国路桥大相径庭。泰顺的廊桥大多建于清朝嘉庆、道光年间，桥身有封盖，整座桥所用木材都是由木榫连接，并未使用一枚铁钉，样式极为古朴清雅，是那一带特有的珍贵历史遗址和地理景致。

小江还谈起了他们村子里的越南新娘。小江老家在浙闽毗邻之地，由于海拔高，一年只能种一季稻米，蔬菜瓜果品种也少，又不靠海，自然也不能以海产为生。和大部分江南平原地区相比，小江的老家相对贫困。前些年，有些家境窘迫、身患残疾或长相欠佳的大龄男人，因交不起娶当地新娘的彩礼，就通过中介讨越南、柬埔寨女人为妻。一家的经验再传授给另一家，一个外埠新娘再介绍来另一个姐妹，于是，那一带竟形成了几个小小的国际村。

小江谈到的这两件事，一下子挑起了我的热切兴头。时值春耕季节，小江正要回乡探亲，我就提出跟他去村里看春耕。于是，我们一行四五个人开了三个多小时的车，浩浩荡荡杀进了小江的老家。

　　一进村，我便怔住了。这些年我在国内走的地方不算多，但多少也是见过一些景致的，然而那些景致大多经过了人工修整，是各种规模的盆景。小江的老家由于相对贫穷，并没有多少人盖起新房，所以地貌景致大致上依然是旧时的自然模样。一片青山拔地而起，山势挺拔，自山脚到山巅，长着几个季节的树木，从阔叶到针叶，无奇不有。风吹时虽都是绿浪，却是深浅不同。进村是一条砂石路，不长，干干净净的，似乎还留着笤帚的痕迹。路的尽头是几级青石阶，高踞于石阶之上的，便是那座历经清朝、民国、共和国三朝的廊桥，阳光在桥顶洒下一片金黄，桥身线条清明如剪纸。沿着山脚低洼平坦之处层层叠叠铺开的，是前朝留存下来的旧民居。民居多是平房，也有两层楼房，都是木结构，墙面和门窗已被一个世纪的风雨洗涤得露出木头的经络。青瓦顶一垄一垄地紧挨着，远远望去像是铺在半空的大片鱼鳞。我不是没见过美景，也不是没见过贫穷，我只是没见过美景与贫穷交织在一起的景象，感觉震惊。

村子很闭塞，不常有外人来。村民热情淳朴，不关心文学也不知道电影，却一片真心地款待着我们，仅仅因为我们是小江的客人。

我们去晚了几天，村里大规模的田耕已经基本完成。其实，现在的农村早已实行分田到户，以往集体制之下的大型耕种模式已经消失，各家分到的土地，居多是雇别人耕种或包租出去，真正亲事耕种的人家并不多。为了我们的缘故，小江特意叮嘱他的一位堂兄把牛从山上找回来——村里的牛除了春耕时节，一年到头基本都在山上放养。堂兄在一小块已经耕作过的水田边上等候多时，见我们来，就给我们认真上演了一出牛耕秀。牛是一头母牛，很顺从，但有些慵懒，踩进水里无精打采，挨了堂兄一鞭子。我心疼，堂兄斜了我一眼，那一眼就把我看成了一条爬虫。我一下子觉出了城里大小姐的酸气。"现在的牛，太享福了，一年到头什么也不用做。"堂兄说。

这头母牛因怀了崽，逃过了被屠宰的命运，自然而然地成了山上一群未成年幼牛的头儿。它一下山，那群牛崽像丢失了娘一样地惊慌失措，四下乱窜。表演完牛耕后，堂兄和一伙人在山上找了半天，才终于把小牛找齐了。下山来，两个小腿肚上满是被蚂蟥咬出的血疤。我无比愧疚。

小江的父母知道我们从城里来，吃遍了城里的东西，便决定以最农家的方式款待我们：杀鸡、摘野菜、做黄粿。小江父母在石臼里捣黄粿，一个抡木槌，一个捏米团，配合得天衣无缝。这样的默契必定是经过了千百个日子的磨砺而成的。对一个作家来说，这个过程几乎具备象征意义，我后来把它写进了书里。

小江的父母长相端正，白净，说话、举止、气度与一般村民很有些不同。小江告诉我说，他父亲年轻时是木匠，现在家里摆设的圆桌和柜子，都出自父亲当年的巧手。早在进城打工成为风气之前，甚至在"文革"年月里，父亲就已经走南闯北跑运输、做生意、揽木工活儿了。在一次外出贩卖木材的路途中，父亲遇见了母亲，一见倾心，半哄半骗地，就将一个俊俏的县城女子，带进了这个穷村落为妻。

小江告诉我他母亲在婚后出逃过两次，都被追了回来。小江还说婚后女人出逃的事，至今在这一带还时有发生。小江讲过一件趣事：有一次，他开着在城里买的汽车回乡，正和乡党打着麻将，有人来报告，说某某的老婆出逃了，让小江开车帮着去追。小江摇头摆手，说急什么急，让我把这一圈打完了再说。在这么一个不通舟车、交通极不便利的地方，一个弱女子想步行走到可以搭车之处，那可不是一两刻钟的路程。

小江常常以这样若无其事的口吻，对我谈及乡村的各样故事，有的故事能让人起一身鸡皮疙瘩，有的故事能让人抽起脚筋，有的故事能让人忍不住眼目湿润。他却全然无事。

　　我在旁边看着小江父母之间的互动，两人当然没有城里夫妻那种溢于言表的恩爱，但却也是和颜悦色，相互敬重。我悄悄问小江是否可以和他的父母聊聊当年的出逃，小江说："当然可以，这种事谁家没有？"于是，在饭桌上，我小心翼翼地提起了话头。小江的母亲低着头，微微笑着，说："是啊，我是想走的，都走出那么远了。"我问她："怎么又回来了呢？"她没有立刻回答，同在桌上吃饭的大伯子淡淡地说："我是民兵队长，我拿着枪，她什么话也没有，就跟我回来了。"我怔住了，半晌，才又问小江母亲为什么要走。她轻描淡写地说："婆婆说话不太客气。"

　　我没有再往下追问。不用问我也知道一句"不太客气"里头可能蕴含的各样可能。一个已经有了两个孩子的女人，两次执意要从一个并非鲁莽之辈的丈夫身边逃走，那应该是出于何等压抑和急迫的理由。可是小江的母亲在整个叙述过程中，并没有表现出明显的怨恨、难堪与羞辱，语气平静得仿佛在诉说一桩发生在别人家里的事，与她并无关联。倒是小江的父亲，离席坐到了院子里，独自默默抽烟。

吃过午饭，我们跟着小江去看他的另一位堂哥。这位堂哥在城里打工，留守在家的是他的越南媳妇阿珠。阿珠嫁到村里好几年了，已经有了一子一女。儿子大些，很是顽皮，骑在木马上满院子乱走，嘴里咬着小江从温州城里带来的大苹果。女孩还小，怯怯地依偎在母亲怀里，不吱声。阿珠的脸具有典型的东南亚女子特征，皮肤黝黑，颧骨很高，眼窝很深，脸上挂着一丝羞怯的笑，看起来不具备任何攻击性。阿珠的中文还过得去，发音纯正，但词汇有限，并不能深入对话。阿珠拿出她所在的户籍地开出的结婚证明给我们看，那是一个越南地图上没有标注出来的小地方，我们只知道了一个大致的方位，在越南中部，靠海。这个远离了家乡和亲人的女子，在这个语言不通、交通相对闭塞的中国村落过得快乐吗？小江告诉我说，有一天村里下大雪，一生从未见过雪花的阿珠突然赤脚跑到屋外，在雪地里转着圈子跳舞。在小说中我没能找到一个合宜的缝隙安放这个细节，但这个细节当时令我动容。我无法把我眼中的阿珠和那个赤脚在雪地里跳舞的女人联系起来。不知为何，这个场景让我联想到了"孤独"和"压抑"这两个词。

我问小江："你堂哥对阿珠好吗？"小江瞥了我一眼，说："那还用问？"我问："怎么个好法？"小江说："每次堂哥回村里，总会给阿珠带来各式各样的新鲜水果。越南人就爱吃水果。有些品种很贵，他自己是不舍得买的。"我叹了一口气，说："我无法想象不能随意聊天的夫妻，该怎么一起过日子。"小江就笑我脑子坏了，说："夫妻的事，床上解决就行了，用得着那么多话吗？"我无语。小江和阿田有他们自己的一套话语系统，他们的话语系统让我觉出了自己的苍白无知。比方说，当我顺嘴夸赞小江家里某一只公鸡生得流光溢彩，或是某一只羊羔的模样乖巧可爱，他立刻就问："你是不是想吃？我让我爹杀了给你吃。"我说："没想吃。"他哼了一声，说："在我们这儿，不想吃的东西你别瞎夸。"我忍不住说："你的心咋能这么狠？"他就歪着脑袋嘿嘿地笑，说："你我之间的不同，就叫作城乡差别。"我突然就懂了：早年乡村生活给小江留下的痕迹，是一辈子的城市生活也无法彻底抹去的；城市只能给人换一层皮，城市并不能给人换血。

晚饭之前，我们一行人在村里那条大路上散步。白日里下了一场雨，雨后的傍晚阳光厚腻，空气微甜，风吹过来有些寒意，树叶子窸窸窣窣，廊桥在暮色里散发的气味与白天不同。此刻廊桥在路的尽头与山的起始之处孤独地匍匐着，威而不怒，仿佛是一件镇住一切邪瘴之气的宝物，让人在它面前不禁屏声静气，踮着脚尖行路。这个时分山野的景致，更像是一幅以灰色为主调的水墨画。路上有二三两两的行人走过，小江指着两个孩子对我说："他俩的妈，就是柬埔寨人，现在在外面打工。"

在回温州的路途中，《廊桥夜话》的大致故事框架就已经形成，只是小说里最重要的一个人物，却是在稍晚的时刻才渐渐进入我的脑海的。那就是阿意。阿意虽然来得最晚，却是我脑海中最灵动的一个人物，因为她离我的个人经历最近。她就是我，不，我应该说，她是我们那群改革开放之后第一批走出国门的留学生们的一个化身：我们和阿意，都是在艰难的环境里努力用高考改变了命运；我们和阿意一样，一生都在渴望逃离与希冀回归之间撕扯纠结。我唯一需要做的，是把一个名叫阿意的单独个体，从这一群人的背景里剥离出来，然后安放在一个陌生的贫穷的乡村之中。因为阿意，廊桥承载了更丰富的内容。因为阿意，世世代代走过廊桥的人们，在贫穷与苦难之外，也孕育出了隐隐一丝希望。

当然，这个希望并非没有代价。《廊桥夜话》中的这个家庭，包括阿意本人在内，失去了许多本该属于他们的东西，比如无忧无虑的童年，比如一桩至少可以说得通话的婚姻，比如一家人相互守护的亲情岁月。为阿意和她的法国丈夫准备的那场乡宴里，这个家庭潜藏了几十年的疮口终于破皮，脓汁溢流在乡野的路上，甚至溢出了国界。可是脓汁并不仅仅是脓汁，脓汁里也夹杂着血。没有人能把血从脓汁里沥出，因为脓和血已经混成了不可分离的一体，你中有我，我中有你。

那血，就是亲情和乡情。

阿意的出现还有一个意外的功用，她让我的叙述过程变得不那么艰辛干涩。为了上学，阿意从小被送到县城外婆家抚养，长大后就长久地生活在外边的世界了。这个有一座廊桥的村落，不过是她在寒暑假和回乡探亲期间的短暂停留之地。她和我一样，都是外来客。在小说中，我经常借阿意的眼睛作为叙事角度，这个我和她共享的外来客视角，使得我不必因为自身对乡村生活的一知半解而产生过分的不安和自责。阿意让我对也许不那么贴切的农村叙事多少有些心安理得。我知道我的廊桥叙事一定不符合小江和阿田的版本，我的版本也许夹生，但它对我来说却是真实的，我遵从了我的眼睛。

就这样，我以一个留洋多年的城市知识分子的观察角度，构思了一个非主流的乡村故事，既痛痛快快又忐忑不安地写出了我人生的第一部乡村题材小说。小江是我的第一个读者。我至今不知道小江对《廊桥夜话》的真实看法，但他给我的反馈是：还像那么回事儿。

我想借此篇幅深深感谢小江、阿田，还有参与安排那一场并不十分顺利却值得记忆的春耕之旅的朋友们。那几天我好奇，快乐，文思泉涌。他们让我懂得：人生有很多种活法，每一种活法都有它存在的理由，都值得用文字来记录和尊重。

　　　　　　　　　　　二○二○年八月十五日于多伦多

＊因隐私之故，文中涉及的所有人名都是化名。